Michelle Houts

Raureif
Zauber

Michelle Houts

Raureif
Zauber

Aus dem Englischen von Dieter Fuchs

Mit Illustrationen von Nina Schmidt

Urachhaus

Die Originalausgabe erschien unter dem Titel *Winterfrost*
bei Candlewick Press, Somerville, Massachusetts.

ISBN 978-3-8251-7948-9

Erschienen 2017 im Verlag Urachhaus
www.urachhaus.com

© 2017 Verlag Freies Geistesleben & Urachhaus GmbH, Stuttgart
© 2014 Michelle Houts
Die Veröffentlichung in deutscher Sprache wurde mit
Walker Books Limited, London SE11 5HJ, vereinbart.
Umschlag, Innenillustrationen und Vignetten: Nina Schmidt
Gesamtherstellung: CPI books GmbH, Leck

Im Gedenken an Lene Bilslev-Jensen

Wo das steinige Hochland
von Sleuth Wood in den See taucht,
dort liegt eine grasgrüne Insel,
wo aufflatternde Reiher
die verschlafenen Wasserratten wecken;
genau dort sind sie versteckt, unsere Zauber-Fässer
voller Beeren
und den reifsten gestohlenen Kirschen.
Komm doch, o Menschenkind!
Hin zu den Wassern und der Wildnis
mit einer Fee, Hand in Hand,
denn mehr Weinen ist in dieser Welt,
als du je würdest verstehen können.

aus »Das gestohlene Kind« von William Butler Yeats

Weihnachtsabend

Nach außen hin war es ein ganz normales Weihnachtsfest auf dem Larsen-Hof, der inmitten der flachen, verschneiten Felder von Lolland lag, einer Insel im südlichen Dänemark. Der Duft von Mutters *Kringle*-Gebäck vermischte sich mit dem Geruch der Weißkiefer, die der Vater erst vor wenigen Stunden ins Haus gebracht hatte. Sorgfältig eingewickelte und mit akkuraten Schleifchen versehene Päckchen lagen verführerisch unter dem Baum.

Bettina Larsen steckte weiße Kerzen an die tief herabhängenden Zweige, während die kleinen Weihnachtswichtel, die zur Dekoration auf dem Kaminsims standen, sie gleichzeitig aufzuheitern versuchten. Sie stolperten übereinander und neckten sich in ihren braunen Mäntelchen und Schuhen, ihren roten Strümpfen und spitzen Mützen. Eine Ente garte im Ofen vor sich hin. Verwandte, Freunde und Nachbarn schauten vorbei. Musik erfüllte das Haus, als die Larsens Hand in Hand den Baum umkreisten und Lieder anstimmten, die von den Kindern früh gelernt und von den Alten nie wieder vergessen wurden. Und trotz der

Schwere, die an diesem Weihnachtsfest auf Bettinas Herz lastete, musste sie beim Anblick ihres Schwesterchens, das sich in Schleifen und Bändern verstrickte, doch lächeln. Was für ein Geschenk war die kleine Pia vor knapp einem Jahr gewesen – ein neues Leben in einem Haus, das sich gerade von einem anderen verabschiedet hatte.

Ja, es sah wirklich so aus, als sei dies ein ganz normaler Weihnachtsabend – nur dass er das nicht war. Bettina fragte sich, ob es je wieder ein normales Weihnachtsfest geben könnte ohne Farfar, ihren geliebten Großvater.

Und dann kam der Anruf. Der Anruf, der die Neuigkeit überbrachte. Die Neuigkeit, auf die ein wildes Durcheinander aus Kofferpacken und Blitz-Anweisungen folgte. *Füttere die Tiere. Halte den Holzofen am Brennen. Ruf an, wenn du etwas brauchst. Das wird schon alles klappen.*

Ein ganz normales Weihnachtsfest hätte es sein sollen, hier auf dem Larsen-Hof inmitten der flachen, verschneiten Felder von Lolland, dieser Insel im südlichen Dänemark. Aber das war es nicht. Denn wenn es so gewesen wäre, hätten wir wohl auch keine Geschichte zum Erzählen gehabt ...

Ordnung

So chaotisch der Weihnachtsabend auch gewesen sein mochte – am nächsten Tag ging alles seinen gewohnt ruhigen Gang. Aus den übrig gebliebenen Feiertagsköstlichkeiten machte Bettina für sich und die kleine Pia ein ganz respektables Abendessen. Sie spülte das Geschirr ab und stellte es zum Trocknen auf – genau wie Mutter das getan hätte, wenn sie da gewesen wäre.

Nach dem Abendessen packte sie das Baby dick ein, erst dann wagte sie sich hinaus in die klirrende Dezemberkälte, um die Pferde, Ziegen und Hühner zu füttern. In nicht ganz einer Woche würde die Familie Pias ersten Geburtstag feiern. Es würde ein großes Fest geben, mit Schichttorte und Nachbarn und Verwandten. Trauer und Freude rangen in Bettinas Herz miteinander.

Für Farfar war dies die schönste Zeit im Jahr gewesen. Er liebte Weihnachten über alles, und dass Pias Geburtstag so kurz nach seinem Lieblingsfeiertag lag, hätte ihn unglaublich gefreut. Als sie fast noch zu klein war, um Papier richtig falten zu können, hatte er ihr beigebracht, wie man rot-weiße Papierherzen bastelt. Er hatte sie mit in die Scheune genommen und ihr gezeigt, wie man aus dicken Strohhalmen zierliche *Julebøker*, also Weihnachtsböcke, mit glatten Hörnern flechten kann. Aber nach Farfars Tod vor rund einem Jahr hatte Bettinas Freude über Weihnachten immer mehr abgenommen, bis sie in ihrem Inneren so fest verräumt war wie die Papierherzen und Stroh-Weihnachtsböcke auf dem Dachboden.

Doch die Zeit verging, und ob mit oder ohne Farfar, Weihnachten kam wie in jedem anderen Jahr auch. Und Bettina hatte gelächelt. Und sie hatte Weihnachtslieder gesungen. Und zu ihrer großen Überraschung hatte sie sich selbst auflachen gehört, als Pia auf dem Arm ihrer Mutter heruntergekommen und als Wichtel verkleidet war, den rechten Daumen im Mund und den linken im Ohr. Wenn es je einen menschlichen Wichtel gegeben hatte, dann war das Pia.

Die Existenz der Wichtel war zwar etwas, das von einem zwölfjährigen dänischen Mädchen durchaus hinterfragt werden konnte. Aber für Farfar hatte daran kein Zweifel bestanden.

»Die Wälder sind voller Geschichten, nur müssten die Menschen einmal innehalten und zuhören«, sagte er immer, die Stimme so getragen wie die eines Pfarrers bei der Sonntagspredigt, die Augen hingegen so strahlend wie der Morgenstern.

Und nie beharrte Farfar so sehr auf seinen geliebten Wichteln wie zur Weihnachtszeit. »Auch wenn es unser Fest ist, und nicht ihres, so feiern unsere kleinen Freunde doch auch«, sagte er. »So wahr ich hier stehe, sind die Wichtel irgendwo da draußen und feiern ihr eigenes Weihnachtsfest.« Dann drehte er stets den Kopf zur Seite und lauschte, als könnte er die kleinen Stiefelchen auf dem Heuboden hören, während die Wichtel bis weit in die Nacht hinein tanzten und sangen.

Farfar wäre über Pias Kostümierung hocherfreut gewesen. Allerdings wäre er auch ohne Kostümierung hocherfreut gewesen. Alle fanden es unsagbar traurig, dass die kleine Pia ihren Großvater nicht kennengelernt hatte und erst kurz nach seinem Tod zur Welt gekommen war.

Aber Bettina fragte sich oft, ob sie sich nicht vielleicht irgendwo dazwischen getroffen hatten, ihr geliebter Großvater und ihre kleine Schwester. Sie stellte sich eine Begegnung vor, bei der eine winzige Hand für einen Moment einen verschrumpelten alten Finger ergriff, bevor der eine dann losließ und auf die Welt zuglitt, die der andere soeben verlassen hatte. Allerdings sprach sie mit niemandem darüber. Es klang ja wie etwas, das sich nur ein Träumer ausdenken konnte. Es klang wie etwas, das niemand außer Farfar geglaubt hätte.

Mittlerweile war Pia fast ein Jahr alt und sprach eine Sprache, die nur sie selbst verstand. Und sie war kurz davor, laufen zu lernen – wobei nach wie vor viel zu jung, um irgendwie im Haushalt mitzuhelfen.

Bettina setzte sich ihr Schwesterchen auf die Hüfte und zog ihr eine warme Wollmütze über die blonden Löckchen, bevor sie die Tür zur Scheune öffnete.

Felix, der graublaue Hund der Larsens, begrüßte sie aufgeregt und drehte sich wie wild um die eigene Achse. »Sitz!«, rief Bettina und imitierte dabei die tiefe Stimme ihres Vaters.

Felix sprang freudig an den beiden hoch, und als Bettina sich hinunterbeugen wollte, um ihn auszuschimpfen, leckte er Pia übers Gesicht und rannte weg, bevor sie etwas unternehmen konnte.

»Oh, Pia!«, rief Bettina. »Das tut mir leid!«

Aber die kleine Pia schien sich an dem aufgeregten Hund nicht zu stören. Sie kicherte und wischte mit ihrem rosafarbenen Handschuh über ihr Gesicht.

In der Scheune merkte Bettina, dass ihre Arbeit schwieriger sein würde als erwartet. Wie das mit dem Füttern ging, wusste sie – das war nicht das Problem. Regelmäßig hatte sie ihrem Vater frühmorgens oder an kalten Abenden geholfen. Aber Wassereimer schleppen, die Tröge füllen *und* dabei auf das Baby aufpassen? Sie konnte ja schlecht ihre Schwester im Arm halten und gleichzeitig einen schweren Heuballen durch die Scheune zerren.

Als sie die Heuballen so betrachtete, hatte sie eine Idee. Rasch baute sie aus vier Ballen einen kleinen Laufstall und setzte ihre Schwester hinein. Mit großen blauen Augen sah die kleine Pia ihre ältere Schwester fragend an. Doch rasch wurde sie durch ein herumstreifendes Kätzchen abgelenkt. Das pummelige, rötlich getigerte Katzenkind sprang zunächst auf einen der Ballen und gesellte sich dann zu Pia in den neuen Laufstall. Während Pia vor Vergnügen kreischte und »Miau, miau« rief, machte Bettina sich an die Arbeit.

Die Pferde schnaubten ungeduldig, als sie die Futterschaufel in die Getreidesäcke stieß. Die Atemluft stieg in weißen Wölkchen aus ihren runden Nüstern, bevor sie sich in der Kälte auflöste. Von allen Tieren auf dem Hof mochte Bettina die Pferde ihres Vaters am liebsten. Sie widmete ihnen immer besonders viel Aufmerksamkeit, und auch jetzt, da sie zunächst mit Hans, dann mit Henrietta sprach, streichelte sie ihre Nüstern.

»Ihr seid bestimmt hungrig. Das wird euch schmecken!« Farfar konnte sich noch an die Zeit erinnern, in der man die Pferde für die Feldarbeit brauchte. Auf einem modernen dänischen Hof hatten aber Maschinen dafür gesorgt, dass Pferde nicht mehr für die Arbeit, sondern nur noch zum Vergnügen da waren. Und niemand hatte mehr Vergnügen an ihnen als Bettina. Fast ein Jahr lang hatte sie jetzt schon gespart, um sich ein eigenes Pferd zu kaufen. Jeden Cent, den sie für die Hausarbeit oder zum Geburtstag bekam, steckte sie in die Earl-Grey-Dose unter ihrem Bett. Erst gestern Abend hatte sie das Weihnachtsgeld, das mit einer Grußkarte von Tante Inge angekommen war, in die Dose gelegt und sich vorgenommen, es für nichts anderes auszugeben als irgendwann für ihre eigene braune Stute.

Die Ziegen drängelten sich schon vor der Schütte, bevor Bettina noch überhaupt einen Heuballen für sie aufgeschnitten hatte. Mit diesen lärmigen Wesen sprach sie viel teilnahmsloser als mit den Pferden. Selbst als das Heu aufgeschüttet war, schienen sie sich viel mehr für Bettinas Ärmel als für ihr Futter zu interessieren.

»Weg da, na wird's bald? Lass los!« Sie schob eine dickbäuchige braune Ziege beiseite, doch gleich war sie wieder da und kaute an ihrem Schal. Nur unter vollem Körpereinsatz gelang es Bettina, das Tier wegzudrängen.

»Aus dem Weg, aber dalli!«

Schließlich gab die Ziege nach und richtete ihre Knabberaufmerksamkeit auf das hölzerne Gatter.

Am einfachsten waren die Hühner zu füttern, denn denen war egal, wo ihr Futter landete. Mit ihren Schnäbeln, gebogen und spitz wie Hexennasen, konnten sie es überall aufpicken.

Nachdem die Tiere mit Futter und Wasser versorgt waren, musste Bettina nur noch das Feuer schüren, das im großen Ofen in der Holzkammer brannte, dann konnte sie mit Pia wieder zurück ins Haus. Wie bei vielen dänischen Höfen waren auch bei den Larsens Wohnhaus und Scheune aneinandergebaut. Das Haus lag vorne an der Straße, die Scheune zog sich nach hinten Richtung Wald. Zwischen den beiden Gebäuden befand sich ein Raum, der bis oben hin voll mit Feuerholz war. Vater und der Nachbar der Larsens, Rasmus Pedersen, hatten monatelang Holz gehackt, damit beide Familien genug Brennmaterial für den kalten Winter hatten. Ein Holzofen heizte nicht nur das Haus, sondern erwärmte auch die Scheune. In den kalten Lolland-Nächten hatten die Tiere es also ebenfalls einigermaßen warm.

Bettina ließ den Blick über die Holzstapel schweifen. Es gab mehr als genug Holz, um die ganze Familie bis in den Frühling hinein warm zu halten. Wobei ihre Eltern ja nicht den ganzen Winter, sondern nur ein paar Tage weg waren. Papa würde in weniger als einer Woche zurück sein. Und Mama war mit dem Zug nur nach Århus gefahren.

Bettina musste an den Weihnachtsabend denken. Die Familie hatte kaum das aus Weihnachtsente und Reispudding bestehende Festessen beendet, als das Telefon klingelte. Aber anstelle fröhlicher Feiertagsgrüße gab es schlechte Neuigkeiten. Großmutter war gestürzt. Sie musste an der Hüfte operiert werden. Und da niemand bei ihr im Krankenhaus war, musste sorgfältig und schnell entschieden werden. Mama würde zu ihr fahren, bis zur Entlassung bei ihr bleiben und sie dann mit nach Lolland bringen, wo sie im Kreis der Familie gesund werden könnte.

Dass Mama ein paar Tage nicht da war, hätte im Grunde kein Problem dargestellt, nur wollte Papa am nächsten Morgen ebenfalls verreisen. Jedes Jahr fuhr er am Weihnachtstag nach Skagen am nördlichsten Zipfel von Dänemark, um den alten Onkel Viggo zu besuchen. Es war dies kein Besuch, auf den er sich freute, denn Onkelchen Viggo war ziemlich verschroben, rauchte den übelriechendsten Pfeifentabak der Welt und verließ seine muffig-feuchte Hütte am Ufer des Kattegat so gut wie nie. Aber jedes Jahr verbrachte Papa die Woche zwischen Weihnachten und Neujahr bei ihm. Und jedes Jahr brachte er so viele Geschichten vom komischen Onkel Viggo mit nach Hause, dass er die Familie wochenlang damit unterhalten konnte. Die Reise abzusagen war unmöglich. Onkel Viggo hätte vor Wut so getobt, dass man es bis hinüber nach Schweden gehört hätte.

»In einem Krankenhaus und einer miefigen Hütte hat ein Baby doch nichts verloren«, hatte Mama geklagt.

»Bettina kann die Scheune versorgen und sich um Pia kümmern«, war Papas nüchterner Kommentar gewesen. »Pia ist ja im Grunde kein Baby mehr. Und Bettina kümmert sich ohnehin schon die meiste Zeit um sie. Außerdem: Wenn die Mädchen etwas brauchen, sind die Pedersens gleich nebenan.«

Mama sah nicht sehr überzeugt aus, aber als Papa anfügte: »Habe ich recht, Bettina?«, antwortete Bettina sofort.

»Aber sicher. Ich werde mich um alles kümmern.« Das war zwar eine riesige Verantwortung, aber Bettina zeigte sich unerschrocken. Schließlich war sie die reife und verantwortungsvolle ältere Schwester.

Mama zögerte immer noch, aber Papas Entschiedenheit

16

und Bettinas Selbstvertrauen nahmen ihr die Angst ein wenig. Natürlich war das keine ideale Lösung, nur bekamen sie es auf die Schnelle einfach nicht besser hin. Bettina war recht zuverlässig, und die Pedersens von nebenan würden regelmäßig nach den Mädchen sehen. Abgesehen davon passierte auf der verschlafenen Insel Lolland im Winter sowieso nichts.

Was konnte also schiefgehen?

Während Bettina ein Holzscheit nach dem anderen in den Brennofen legte, stieg die Hitze des Feuers zu ihr auf und wärmte ihre eisigen Wangen.

Eine andere Art von Wärme herrschte tief unter ihrem Mantel und den anderen Kleiderschichten. Es war ihr Stolz. Sie hatte sich um das Essen, das Haus, die Tiere, das Feuer sowie außerdem ihre kleine Schwester Pia gekümmert. Hätte sie je Angst vor dem Alleinsein und der Verantwortung gehabt (was nicht der Fall war), wäre diese wie Schokolade, die zu nahe am Feuer liegt, spätestens jetzt geschmolzen.

Ja, alles schien am Abend des Weihnachtstages in bester Ordnung zu sein. Mama war bei Großmutter, deren Hüfte mit der Zeit verheilen würde. Papa war verreist, um einen so einsamen wie anspruchsvollen Onkel zu beschwichtigen. Und Bettina brachte ihre kleine Schwester ins Bett und löschte dann das letzte Licht auf dem Larsen-Hof. Es sah aus, als sei alles gut.

Trotzdem – etwas stimmte nicht.

So sehr waren die Larsens mit ihrem Festessen, der Abreise von Mutter und Vater sowie der Sorge um die Großmutter beschäftigt gewesen, dass sie einen äußerst wichtigen Weihnachtsbrauch komplett vergessen hatten. Und jemand in unmittelbarer Nähe war darüber ganz und gar nicht erfreut.

Vergessen

Der junge Klakke spähte durch den geöffneten Spalt des Heubodenfensters, ohne sich zu bewegen oder auch nur zu atmen. Was war nur los mit den Larsens? Er musste es einfach wissen – obwohl es schon fast Tag war und er sich unter normalen Umständen außer Sichtweite befunden hätte. Aber die Umstände waren heute alles andere als normal. Und seine Neugier war größer als die Warnungen, die Gammel vor einem Regelverstoß ausgesprochen hatte. Klakke machte den Fensterspalt ein bisschen weiter auf. Warum standen die Larsens um diese Uhrzeit auf dem Hof herum? Er beugte sich vor, um besser sehen zu können.

Die Larsens zu beobachten war keineswegs ein neuer Zeitvertreib für Klakke. Es war nämlich überhaupt kein Zeitvertreib. Vielmehr gehörte es zu seiner Arbeit. Seit einigen Jahren war er für die Familie zuständig. Und obwohl er nachts gern durch die Wälder streifte, war er, noch bevor die Sonne über den gefrorenen Feldern von Lolland aufging, wieder zurück und schlief tief und fest am höchsten Punkt der Scheune. Hier war sein Platz. Sein Zuhause. Er

kümmerte sich sowohl um die Familie als auch um die Tiere, und er tat für sie alles, was ein kleines Wesen wie er eben tun konnte.

Und die Larsens? Sie waren eigentlich immer nett zu ihm gewesen, wenngleich sie von seiner Existenz kaum etwas wussten. Sie hatten ihn noch nie gesehen. Und seinen Namen kannten sie erst recht nicht, denn so sollte es schließlich auch sein.

Klakke wusste, dass ein Teil der Larsens an die Wichtel glaubte. Die Kinder sowieso. Zumindest bis zu einem gewissen Alter. Und der alte Großvater hatte zweifellos gewusst, dass es Klakke gab. Aber der junge Herr Larsen und seine Frau? Und das Mädchen Bettina? Bei denen war Klakke sich nicht so sicher, wobei er eines genau wusste – Herr Larsen war nicht dumm. Jeder einigermaßen vernünftige dänische Bauer musste davon ausgehen, dass es in seiner Scheune einen Wichtel geben *könnte*, und für diesen Fall täte er gut daran, sich seines Wohlwollens zu versichern.

Klakke wusste genau, dass er sich an diesem Weihnachtsmorgen besser in der Tiefe des Heubodens aufgehalten hätte. Aber mit seinen zweiundsechzig Jahren war Klakke noch ein recht junger Wichtel, und seine Neugier war eben stärker als das, was er bislang an gesundem Wichtelverstand hatte ansammeln können. Jetzt klebte er richtiggehend an dem Spalt im Heubodenfenster. Mit seinen kleinen Wurstfingern hielt er es gerade so weit geöffnet, dass er die Familie unten im Hof sehen konnte.

Das ältere der Larsen-Mädchen, Bettina, stand mit seiner kleinen Schwester Pia in der Haustüre. Beide winkten zum Abschied, während ihre Mutter und ihr Vater mit dem kleinen roten Familienauto aus dem Hof hinaus und in Richtung Stadt fuhren. Klakke war so schlau wie aufmerksam, und anhand der großen Koffer, die die beiden eingeladen hatten, schloss er sofort, dass Herr und Frau Larsen länger als nur den einen Tag weg sein würden. Die Tür des Hauses ging zu, und die Larsen-Schwestern verschwanden im Inneren. Klakke ließ das Heubodenfenster ebenfalls zufallen. Es gab draußen nichts mehr zu sehen.

Klakke wünschte, er könnte losziehen und Gammel von den Larsens erzählen – vielleicht hätte der ja eine Erklärung, warum seine Leute sich so eigenartig verhielten. Aber er traute sich nicht, denn niemand durfte ihn ja sehen. Er setzte sich also ins Stroh, ziemlich beunruhigt und außerdem auch ziemlich hungrig.

Denn am vorigen Abend hatten die Larsens ihren Wichtel zum ersten Mal vergessen. Jawohl: Genau am Weihnachtsabend, dem einen Abend des Jahres, an dem alle Familien in Dänemark – auch die Zweifler – zumindest die *Möglichkeit* eines Wichtels anerkennen und nach ihrem Festessen für ihn ein Schüsselchen dampfenden Reispudding in die Scheune stellen. Mehr als diese kleine Geste brauchte es nicht, um ihren Hofwichtel für das kommende Jahr freundlich zu stimmen. Und immer hatten die Larsens an den Reispudding gedacht und ihn dazu noch mit einem dicken Klacks goldbrauner Butter versehen – denn nichts liebt ein Wichtel mehr als zerlassene Butter.

Klakke konnte sich gut an Bettinas vergnügte Jauchzer erinnern, wenn sie in den vergangenen Jahren morgens den leeren Teller entdeckt hatte, bis auf das letzte Reiskorn und den letzten Butterklecks ausgeleckt. Und doch gab es Erwachsene, die sich das damit erklärten, dass die hungrigen Stallkatzen den Reispudding gefressen hätten. Aber die Jungen und die Weisen wussten es besser. Für sie war es mehr als nur ein Festtagsbrauch – es war eine überlieferte Tatsache. *Kümmere dich um deinen Wichtel, dann kümmert dein Wichtel sich auch um dich.*

Noch nie hatten die Larsens mit dieser Tradition gebrochen. Kein einziges Mal war Klakke am Weihnachtsabend vergessen worden.

Bis jetzt.

Zum ersten Mal seit zwölf Jahren fragte sich Klakke, ob es richtig gewesen war, sein Zuhause, seine Eltern sowie seine heißgeliebte Zwillingsschwester Klara zu verlassen und von der Insel Falster auf den Larsen-Hof zu übersiedeln. Hatte er sich wirklich von seiner Familie getrennt, um jetzt von den Larsens vergessen zu werden?

Klakke knurrte ärgerlich, als eine der Stallkatzen auf den Heuboden gesprungen kam und ihn kurz ansah, als könne sie überhaupt nicht verstehen, warum er nicht in sein Bett aus Stroh gekrochen war, um sich für den Tag unsichtbar zu machen. Die Katzenmutter war von dem schalkhaften Wichtel schon mehrmals am Schwanz gezogen worden und wusste genau, dass sie vorsichtig sein musste. Doch sie ließ es darauf ankommen, strich auf Klakke zu und rieb ihr Kinn an seinem gestiefelten Füßchen.

Klakke war aber überhaupt nicht nach Spielen zumute. Er wartete, bis das zutrauliche Katzentier seinen Fuß ganz bedeckte, und schleuderte es dann grob nach vorne. Die Katze flog ein paar Meter weit und landete wie üblich auf allen vieren, beleidigt, aber unverletzt. Sie sah Klakke schief an und verzog sich über die Kante des Heubodens hinweg in die Sicherheit der unteren Scheunenhälfte.

Raureif

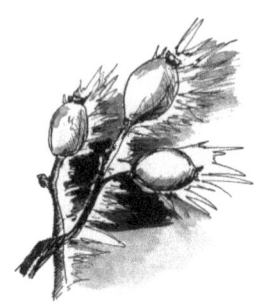

Am nächsten Morgen erwachte Bettina in dem Zimmer, das sie sich im ersten Stock mit ihrer Schwester teilte. Sie fühlte sich benommen, obwohl sie die ganze Nacht geschlafen hatte, ohne auch nur ein einziges Mal aufzuwachen. Während sie den Kopf von ihrem weichen Kissen hob, versuchte sie, die Augen zu öffnen. Hatte sie so fest geschlafen, dass sie rein gar nichts von ihrer Schwester gehört hatte? Oder hatte Pia so fest geschlafen, dass sie gar keinen Mucks von sich gegeben hatte?

Ein helles Morgenlicht drang durch die Fensterläden und erschreckte Bettina. Schnell setzte sie sich auf und versuchte, ihr umnebeltes Hirn freizuschütteln. So viel Licht konnte nur bedeuten, dass es schon spät war. Sicher war längst das Feuer ausgegangen.

Und was war mit Pia?

Bettinas nackte Zehenspitzen berührten den Dielenboden, der zu ihrem Erstaunen ganz warm war. Das Haus war keineswegs ausgekühlt. Sie eilte zum Kinderbett, wo Pia selig schlummerte und sich mit einem leisen Seufzer auf die Seite drehte. Ohne die Augen zu öffnen, griff sie nach ihrer kleinen Stoffgans, zog sie an sich und schlief dann friedlich weiter.

Bettina stieß einen Seufzer der Erleichterung aus. Pia ging es gut. Auf der anderen Seite des Zimmers stand ihr eigenes Bett, das immer noch warm war und mit der Verheißung süßer Träume lockte. Aber so gern Bettina auch wieder hineingekrochen und für den Tag verschwunden wäre, wusste sie doch, dass sie Dinge zu tun hatte. Ihre Eltern zählten auf sie.

Ohne sich die Zeit fürs Anziehen zu nehmen, ging sie nach unten, um nach dem Feuer zu sehen. Sie spürte die Wärme bereits, als sie die Küchentüre öffnete, und betrat die Holzkammer. Seltsamerweise war es nur wenig heruntergebrannt, seit sie den Feuerschacht vor dem Zubettgehen mit Scheiten vollgestopft hatte. Jemand musste in den Morgenstunden Holz nachgelegt haben. Aber wer?

Die Antwort lag für sie auf der Hand: Sicher hatte Herr Pedersen vorbeigeschaut, um nach ihnen zu sehen, schließlich wusste er, dass sie alleine waren. Vermutlich war er durch die Holzkammer gekommen und hatte an der Küchentüre geklopft, denn wenn Nachbarn zu Besuch kamen, nahmen sie nie die vordere Eingangstüre. Als niemand aufmachte, hatte er zu Recht angenommen, dass die Mädchen noch schliefen, und wie jeder gute Nachbar das getan hätte, legte er genug Holz nach, um das Haus bis zu Bettinas Erwachen warm zu halten.

Ein Gefühl der Geborgenheit stieg in Bettina auf, gleichzeitig schämte sie sich aber. Natürlich war sie froh, dass die Pedersens so nahe wohnten. Rasmus und Lisa Pedersen würden alles für ihre Nachbarn tun. Aber gleichzeitig ärgerte sie sich, dass sie bereits am ersten Morgen nicht nur verschlafen hatte, sondern beinahe auch das Haus hätte auskühlen lassen – mitten im Winter! Ein schöner Beweis ihrer Fähigkeit, alleine für den Hof zu sorgen!

Dann kam Bettina ein Gedanke. Was, wenn Herr Pedersen nun glaubte, er müsse auch die anderen Arbeiten auf dem Hof erledigen? Das durfte sie auf keinen Fall zulassen!

Nach wie vor im Nachthemd, warf Bettina sich eine Decke um die Schultern und wickelte sie fest um sich, um sich vor dem Öffnen der Türe gegen die Kälte zu wappnen.

Als sie die schwere Eichenholztüre dann aufzog, verschlug es ihr den Atem – aber nicht die eisige Kälte war es, die ihr die Luft nahm. Ein ganz unerwartetes Winterwunderland war vor ihr ausgebreitet. Alles war weiß, von den Kiefern über das Scheunendach bis hin zu den Zaundrähten. Aber es war kein Schnee.

»Raureif!«, rief Bettina.

Nachdem sie und Pia sich zur Ruhe begeben hatten, musste ein dichter Nebel Lolland bedeckt haben, und als es dann im Lauf der Nacht immer kälter wurde, war dieser Nebel an jedem Grashalm, an jedem noch so winzigen Zweig festgefroren. Alles sah aus wie mit dickem Zuckerguss überzogen, und die Luft war so still wie der Atem eines

Babys. Raureif war auf Lolland so selten wie spektakulär, deshalb konnte Bettina sich nicht erinnern, wann sie zum letzten Mal etwas derart Schönes gesehen hatte. Ohne die Kälte zu spüren, stand sie in der weit geöffneten Türe und betrachtete fasziniert Mutters winterliche Blumenbeete, die jetzt aussahen, als hätte jemand Blätter und Stängel mit glitzerndem Zucker besprenkelt.

Wie sehr wünschte sie, dass Farfar das sehen könnte.

»Es gibt einfach nichts Wunderbareres als den Raureif. Er ist *magisch*!«, sagte er stets, woraufhin Mama spöttisch auflachte.

»Was denn? Du kennst doch die Geschichten rund um den Raureif«, sagte er zu Mama. »Da passieren die allerseltsamsten Dinge.«

»Geschichten, in der Tat! Am besten sagt man wohl Märchen dazu!« Mama presste die Lippen aufeinander und schüttelte den Kopf. »Erzähl meinem kleinen Mädchen nur ja keinen Unsinn!«

Aber sobald Mama außer Hörweite war oder Farfar und Bettina gemeinsam im Wald herumspazierten, erzählte er ihr vom Raureif, als sei er die magische Türe zu einer anderen Welt. Eine so seltene wie kostbare Gelegenheit für diejenigen, die an die Freundlichkeit der Natur glaubten und es für möglich hielten, dass wir uns den Wald auch noch mit anderen teilen als nur mit den Tieren, die unsere ausgetretenen Wege kreuzen.

Und jetzt war er da, direkt vor ihren Augen – ein wunderbarer Raureif! Bettina nahm sich fest vor, nach Mutters und Vaters Rückkehr mit dem Fahrrad zum Friedhof in der Stadt zu fahren und Farfar von diesem Tag zu berichten.

Ein Geräusch von oben riss Bettina aus ihren Gedanken und holte sie zurück ins Haus. Pia war wach und brauchte sie. Bettina machte rasch die Eingangstüre zu und warf die Decke über einen Kleiderhaken an der Wand. So schnell sie konnte, eilte sie die schmale Holztreppe hinauf, um ihre kleine Schwester in den Genuss dieses fantastischen Winterphänomens kommen zu lassen. Wie schön, dass sie diejenige war, die es Pia erstmalig zeigen konnte.

»Pia«, rief sie im Hinaufrennen, »du glaubst nicht, was es draußen gibt!«

Aber in ihrer Begeisterung über den Raureif hatte Bettina etwas Wichtiges übersehen. Weder in der Hofeinfahrt noch auf dem Weg zum Haus gab es Spuren im Schnee. Herr Pedersen war am Morgen gar nicht da gewesen.

Schabernack

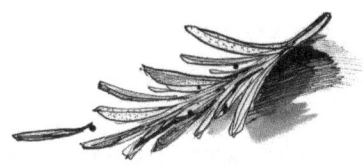

Klakke hatte die Nacht damit verbracht, äußerst schlecht gelaunt zwischen Scheune und Wald hin- und herzupendeln. Bei Gammel hatte er allerdings nicht vorbeigeschaut, denn der hätte sofort gewusst, dass Klakke nichts Gutes im Schilde führte. Er hätte das auch ohne ein einziges Wort von Klakke gewusst, denn viele der alten Wichtel konnten in die Herzen ihrer Mit-Wichtel hineinsehen. Und Gammel beherrschte diese Kunst besser als jeder andere.
Irgendwann war Klakke im Schutz der Dunkelheit in die Scheune zurückgekehrt, mit den Taschen voller Kräuter und einem Kopf voller Schabernack. Das große rote Scheunentor war geschlossen, doch ohne große Mühe schob er es einen Spaltbreit auf, denn wie alle Wichtel war er für seine geringe Körpergröße ziemlich stark. Er betrat die Scheune, ohne das Tor hinter sich zu schließen.
Als Hans und Henrietta ihren kleinen Freund erblickten, polterten sie mit den Hufen gegen ihre Stalltüre und wieherten laut. Normalerweise hätte Klakke den Gruß erwidert, doch heute tat er es nicht. Stattdessen warf der kleine

Wichtel einen finsteren Blick in ihre Richtung. Er erledigte, weswegen er gekommen war, und kletterte dann rasch die Leiter hinauf, die eigentlich für viel größere Füße als die seinen angefertigt war.

So sehr Klakke es auch versuchte, er konnte einfach nicht einschlafen. Es war noch nicht ganz Morgen, und gemäß seiner inneren Uhr hätte er eigentlich die Aufgabe gehabt, im Wald zu sein und sich um die Nachttiere zu kümmern. Oder Nüsse für seine Tages-Freunde zu sammeln. Doch eine seltsame Traurigkeit, die irgendwie stark an Selbstmitleid erinnerte, hatte sich so tief in seinem Inneren festgesetzt, dass ihm die Knochen wehtaten.

Der Wichtel seufzte und sah aus dem einzigen Fenster hinaus in die frühmorgendliche Dunkelheit. Im Licht der Hoflampe konnte er sehen, dass sich ein dichter Nebel wie eine flauschige weiße Decke über alles legte und den Blick auf den Boden versperrte. Ein derartig dichter Nebel konnte in einer kalten Nacht wie dieser dazu führen, dass ...

Zum ersten Mal seit dem Weihnachtsabend gab es in Klakkes betrübtem Herzen einen Funken Freude. In Windeseile flog er geradezu vom Heuboden, viel zu schnell, als dass die verschlafenen Stallkatzen hätten erschrecken können. Er musste sofort hinaus ins Freie und nachsehen.

Hans und Henrietta betrachteten den Wichtel argwöhnisch, aber ohne anzuhalten eilte Klakke an ihnen vorbei. Er quetschte sich durch den Spalt des Scheunentors, und da war er tatsächlich – ein Raureif!

Der junge Klakke hatte in seinem kurzen Leben bislang nur wenige Male einen Raureif erlebt, doch jeder einzelne war für ihn noch faszinierender als der vorige gewesen. Vor Aufregung fast schon zitternd, sprang er ausgelassen über den Hof. Dann verlangsamte er seinen Schritt und ließ die unzähligen Kristalle aus gefrorenem Nebel auf sich wirken.

Die kleinen Kiefernsetzlinge am Waldrand, kaum größer als er selbst, hatten pelzig weiße Wintermäntel an. Die Grashalme beugten sich unter der Last des flaumigen Frosts zu Boden. Kein Laut war zu hören, es war mucksmäuschenstill. Selbst der baltische Wind hielt den Atem an, als wollte er die empfindliche Balance nicht stören, die von der Natur über Nacht erschaffen worden war.

Klakke wollte nicht in die Scheune zurück, nur wurde der Morgenhimmel am Horizont bereits rosa. Das Tageslicht kündigte sich an, und gerade weil alles um ihn herum weiß war, konnte er mit seinem braunen Mantel, den roten Strümpfen und der roten Mütze unmöglich unentdeckt bleiben.

Es war das altbekannte Dilemma der Wichtel: Wie sollte man sich anziehen, dass die Augen der Menschen einen nicht entdeckten, der Falke hingegen sofort erkannte, dass er es nicht mit einem durchs Gras hoppelnden Kaninchen zu tun hatte? Durch die rote Mütze wusste ein Raubvogel zwar, dass der Wichtel kein Abendessen war, das geschnappt und davongetragen werden konnte, gleichzeitig bestand so aber die Gefahr, von einem Menschen erblickt zu werden. Glücklicherweise haben Wichtel aber leicht nach innen gebogene Zehen und können deshalb so schnell rennen, dass sie verschwunden sind, bevor das menschliche Gehirn überhaupt registriert, was die Augen gesehen haben – oder glauben, gesehen zu haben. Keine Chance für eine Spätzündung. Wenn ein Wichtel weg ist, dann ist er weg.

Da sich das Tageslicht über der Insel ausbreitete, ging Klakke widerwillig nach Hause, kletterte die Leiter hinauf und versuchte einzuschlafen. Aber es gelang ihm nicht. Von unten hörte er, wie Bettina sanft mit den Tieren redete (außer mit den Ziegen – mit dem ungezogenen Hornvieh sprachen alle, und sogar Bettina, sehr streng), während sie sich daranmachte, ihre morgendlichen Tätigkeiten zu verrichten.

Bald würde sie entdecken, welchen Streich ihr Klakke gespielt hatte. Aber er würde sich nichts daraus machen. Schließlich war er zwar gemein, aber nicht bösartig gewesen. Durch seinen Schabernack war kein ernstlicher Schaden entstanden.

Trotzdem wollte er unbedingt Bettinas Gesichtsausdruck sehen, wenn sie entdeckte, was er gemacht hatte. Ganz geräuschlos kroch er bis zur Kante des Heubodens und schaute nach unten.

Es liegt was in der Luft

»Du spielst mit den Kätzchen, während ich meine Sachen erledige«, sagte Bettina zu Pia. »Es dauert nicht lange. Dann gehen wir hinaus. Du hast den Wald noch nie bei Raureif gesehen.«

Allerdings dauerte das Füttern so lange wie noch nie. Zuerst wollte Bettina nach dem Pferdefutter greifen, nur dass es nicht am gewohnten Platz war. Nach einer kurzen Suche entdeckte sie es dort, wo normalerweise die Hühner saßen. »Seltsam«, murmelte sie. »Hier habe ich es doch gar nicht stehen lassen?«

Bettina zog die Säcke wieder an ihren Platz und griff dann nach einer der Futterschaufeln an der Wand.

»Was um alles ...?«, entfuhr es ihr. Wo für gewöhnlich drei Futterschaufeln aus Metall an der Stallwand hingen, befanden sich jetzt nur drei leere Haken. Sie stemmte die Hände in die Hüften und schaute sich um. Die Futterschaufeln baumelten an den Haken, an denen sonst der Besen, die Schaufel und die Mistgabel befestigt waren.

»Und wo sind *die* jetzt?«

Pia brabbelte etwas, das Bettina nicht verstand. Das kleine Mädchen schaute hinauf zum Heuboden und gluckste vor Freude.

Bettina hingegen war alles andere als erfreut. Sie wurde langsam wütend und zugleich immer ratloser. Wie war das alles über Nacht so durcheinandergekommen? Bettina riss sich zusammen und sprach mit fröhlicher Stimme zu Pia.

»Du meine Güte, Pia. Ich muss die Sachen ab jetzt wirklich besser aufräumen.«

Binnen Kurzem entdeckte Bettina Besen, Schaufel und Mistgabel in einem losen Heuhaufen. Sie räumte alles an den vorgesehenen Platz.

Sie fütterte Hans und Henrietta und ging dann zu den lärmigen Ziegen. Die Ziegen wirkten aufgeregt, obwohl sie ja eigentlich nie wirklich ruhig waren. Aber heute klang ihr kehliges Gemecker lauter als sonst. Als Bettina kam, sprangen alle drei auf, stellten die Vorderhufe auf das Gatter und meckerten wie wild.

»Runter mit euch!«, kommandierte sie. Sie klopfte ihnen den Hals und schob vorsichtig ihre knochigen Beine vom Gatter. Das Gemecker ging in unzufriedenes Schnauben über.

Aber als Bettina im Verschlag die Futterkübel hochhob, sah sie, dass die so voll waren wie am Abend zuvor. Kein Wunder, dass die Ziegen sich so aufführten! Sie hatten keinen einzigen Bissen gefressen!

»Was ist los mit euch? Seid ihr krank?«

Die Ziegen waren immer noch aufgebracht, aber sie hatten klare Augen und wirkten ziemlich gesund. Hungrig, ja, aber nicht krank. Es konnte nur am Futter liegen. Wenn Papa da gewesen wäre, dachte Bettina, dann hätte er gesagt, sie solle es wegschütten und neues nachfüllen. Genau das wollte sie auch tun, wobei sie doch irgendwie ein schlechtes Gewissen hatte. Dinge wegzuwerfen lag eigentlich nicht in der Natur eines dänischen Bauern.

Da fiel ihr ein Kompromiss ein, den sie für ziemlich genial hielt: Sie trug das Futter nach draußen hinter die Scheune und leerte es dort aus, wo der Wald bis an Mutters Beete reichte und die allerkleinsten Waldbewohner oft zum Knabbern hinkamen. Sicherlich würden sich Kaninchen, Vögel und Eichhörnchen freuen, wenn sie zur Abwechslung einmal Hafer mit Melasse vorfänden. Voller Genugtuung sah Bettina zu, wie die Körner auf den eisigen Boden rieselten, als seien sie Konfetti. Plötzlich nahm sie einen zarten Geruch wahr, und zwar einen, der ihr bekannt vorkam. Was war das nur? Zwischen den Gerüchen von Hafer und Melasse gab es noch etwas anderes, das sie an die warme Küche denken ließ, an Mamas Kartoffelpüree, an eine saftige Lammkeule im Backofen ... Rosmarin! Das war der Geruch – frisch und grün. Sie war sich ganz sicher. Das Ziegenfutter roch nach Rosmarin.

Und plötzlich verstand Bettina so manches – während anderes noch unverständlicher wurde. Klar hatten die Ziegen

36

nichts gefressen. Sie hassten den Geruch und den Geschmack von Rosmarin. Das wusste Bettina genau, denn im Sommer waren sie einmal aus dem Verschlag ausgebrochen und in den Kräutergarten gekommen, wo sie jede einzelne Pflanze bis zu den Wurzeln abgekaut hatten. Jede einzelne Pflanze *außer* dem Rosmarinbusch, der einsam und alleine im Garten stehen blieb. Bettina konnte sich gut an Mamas Ärger erinnern. »Unser Kräutergarten«, hatte sie geklagt. »Diese elenden Viecher!«

Zu wissen, *warum* die Ziegen nichts gefressen hatten, trug allerdings nicht wirklich zu Bettinas Beruhigung bei. Wie war etwas derart Eigenartiges ins Futter gelangt? Frischer Rosmarin wuchs um diese Zeit nicht im Garten. Auch in der Scheune hatten sie keinen gelagert. Jemand musste ihn unters Futter gemischt haben. Aber wer? Wer hätte in der Nacht in die Scheune kommen können? Und wer *wäre* denn gekommen?

Bettina füllte die Kübel mit frischem Futter, nicht ohne zuvor daran zu riechen. Aber alles in Ordnung. Nur Ziegenfutter.

Die kleine Pia stand am Rand ihres Laufstalls aus Heu und brabbelte sinnlose Wörter in Richtung des Heubodens, während ihre Schwester die Arbeiten erledigte. Sobald die Tiere gefüttert waren, verlor Bettina keine Zeit. Sie hob ihre kleine Schwester hoch und eilte mit ihr ins Haus. Den Raureif würde sie Pia später zeigen.

Um ehrlich zu sein, war Bettina auf einmal gar nicht mehr

gerne in der Scheune. Es gefiel ihr nicht, dass jedes Knacken und Knarren im Gebälk sie beunruhigte. Und noch weniger gefiel ihr das seltsame Stechen im Nacken, das sich anfühlte, als würde jeder einzelne ihrer Schritte von jemandem beobachtet werden.

Winterschläfchen

Im kuscheligen Heim der Larsens spielte Pia auf dem Teppich mit ihren Puppen, bis ihr zufriedenes Gurren sich in ein schmollendes Betteln um Bettinas Aufmerksamkeit verwandelte. Bald ging das Betteln in Momente der Empörung über, und als Pia sich mit beiden Fäustchen die Augen rieb, wusste Bettina Bescheid. Es war Zeit für den Mittagsschlaf. Ihre Schwester ins Bett zu bringen hatte Bettina ihrer lieben Mutter schon oft abgenommen. Es gab dabei bestimmte Abläufe, und Bettina kannte sie nur allzu gut.

Zunächst holte sie von oben aus dem Kinderbettchen Pias rosafarbene Baumwolldecke und die schon recht mitgenommene Stoffgans. Dann hob sie ihre Schwester hoch, die mittlerweile heftig gähnte. Zu guter Letzt setzten sich die beiden in Mamas hölzernen Schaukelstuhl, und während sie vor- und zurückwippten, sang Bettina leise.

»*Solen er så rød, mor,*
og skoven blir så sort ...«

39

Es war ein Abendlied über die Sonne, die rot unterging, und den Wald, der ganz dunkel wurde, und von allen dänischen Einschlafliedern mochte Bettina dieses am liebsten. Sie konnte sich nicht daran erinnern, dass Mama es *ihr* früher vorgesungen hatte, aber wenn Mama es für Pia anstimmte, spürte sie in ihrem Inneren eine solche Ruhe, dass es gar nicht anders sein konnte, als dass sie die tröstliche Melodie schon als Baby gehört hatte. Jetzt, da Bettina schaukelnd und singend dasaß, spürte sie, wie Pias kleiner Körper sich entspannte und auf ihrem Schoß behaglich zusammensank. Noch vor dem Ende der dritten Strophe war Pia friedlich eingeschlummert.

Um ganz sicherzugehen, sang sie das Lied noch einmal, dann stand sie vorsichtig auf und betrachtete aufmerksam Pias Gesicht. Sie entspannte sich ein bisschen, als das Baby keinen Mucks von sich gab. Pia schlief tief und fest.

Bettina trug ihr Schwesterchen zum Kinderwagen, der an der Hintertür stand. Die Decken waren bereits zurückgeschlagen, so konnte sie das Baby ohne Weiteres hineinlegen. Pia seufzte leise, und ohne dass die Augenlider auch nur zuckten, drehte sie ihr Köpfchen, um sich in das wärmende Bettzeug zu kuscheln. Bettina stopfte die dicke Wolldecke an allen Seiten fest und legte eine weitere Decke darüber, bevor sie die Hintertür öffnete. Sie schob den Kinderwagen hinaus auf die Terrasse, und genau wie die Mutter das gemacht hätte, stellte sie ihn so, dass er vom Küchenfenster aus gut zu sehen war.

»Kinder brauchen frische Luft«, war Mamas Überzeugung, der sich wohl jede dänische Mutter oder auch Großmutter anschließen würde. Ob Regen oder Sonnenschein,
ob Raureif oder nicht, dänische Kinder mussten für ihr
Mittagsschläfchen hinaus ins Freie. Nur bei schlimms-
ten Wetterverhältnissen, etwa einem Gewitter oder einem
Schneesturm, ließ man die Kinder drinnen schlafen.
Ringsum vom Raureif umgeben zu sein, erfüllte Bettina
erneut mit Begeisterung. Staunend bemerkte sie, dass
jede einzelne Kiefernnadel ihre eigene fedrig weiße Hül-
le hatte. Aber Bettina war nicht so warm eingepackt wie
Pia und bibberte erbärmlich in der feuchtkalten Stille. Sie

ging wieder ins Haus und ließ ihr Schwesterchen so viel frische Luft atmen und so viele schöne Träume haben, wie ein Baby an einem Nachmittag zu vertragen imstande war. In der Küche machte sie sich eine Tasse Tee, besser gesagt, eine Tasse heißes Wasser mit ganz wenig Tee und dafür ganz viel Honig. Wäre Mutter zu Hause gewesen, hätte sie Bettina ausgeschimpft. Aber die Mutter war nun mal nicht zu Hause, und nachdem Bettina ihr Schwesterchen erfolgreich schlafen gelegt hatte, fühlte sie sich ziemlich erwachsen und somit auch in der Lage, über die Honigmenge selbst zu entscheiden.

Sie setzte sich auf das Sofa beim Panoramafenster, wo sie zwar Pias Kinderwagen sehen konnte, aber sonst so gut wie gar nichts. Der Nebel, der den Raureif erzeugt hatte, war noch nicht verschwunden, und sogar der Hof der Pedersens verlor sich im Dunst. Irgendwo berührten die verschneiten Felder den weißgrauen Himmel, aber die Linie zwischen den beiden Bereichen verschwamm wie ein Bild mit Wasserfarben, das man zu früh aufgehängt hatte. Die überfrorenen Baumwipfel fügten sich so nahtlos in die tief hängenden Wolken, dass auch sie eins zu sein schienen. Bettina lehnte sich zurück in die Sofakissen und schaute in das endlose Weiß, zu dem Lolland jetzt geworden war.

Sie dachte an Großmutter und ihre gebrochene Hüfte in Århus. Mama war jetzt längst bei ihr. Sie dachte an die Ziegen und an die kleinen Waldtiere, die hoffentlich das Futter hinter der Scheune gefunden hatten. Sie betrachtete die weiße Landschaft und stellte sich zwei graue Kaninchen vor, die auf den Hafer stießen und sich ihren Fund schmecken ließen.

Innerhalb von Minuten fielen Bettinas Augen zu, und Lolland war verschwunden.

Zum zweiten Mal an diesem Tag erwachte Bettina aus einem tiefen Schlaf und war so verwirrt wie ängstlich. Wie lange hatte sie geschlafen? Ein kurzer Blick aus dem Fenster zeigte ihr, dass Pias Kinderwagen noch draußen stand und die Decken des kleinen Mädchens sich nicht bewegt hatten. Bettina schaltete das Licht an, woraufhin der düstere Raum von einem warmen Leuchten erfüllt wurde und ihre Stimmung sich schlagartig besserte. Es war höchste Zeit, Pia aufzuwecken und mit den Vorbereitungen fürs Abendessen zu beginnen. Bettina trug ihren kalt gewordenen Tee in die Küche und öffnete die Tür zu Garten und Terrasse.

Sie zog den Kinderwagen zurück ins Haus und machte die Tür wieder zu.

»Aufwachen, mein Schatz«, gurrte Bettina und zog an der warmen, rosafarbenen Decke. Kaum war sie zurückgeschlagen, schnappte sie nach Luft und fasste sich erschreckt an den Mund.

Das Baby war nicht mehr da.

Unruhig

Oben auf dem Heuboden schlief Klakke an diesem Nachmittag nicht besonders gut. Die letzten beiden Tage waren keineswegs nach seinem Wunsch verlaufen. Den Larsens hatte er ihr Versäumnis noch nicht verziehen. Zwar hatte er sich nach Wichtelart gerächt, aber die Scheune durcheinanderzubringen und mit dem Ziegenfutter Unfug zu treiben, hatte ihm irgendwie nicht die erwartete Befriedigung gebracht. Klakke mochte Bettina gern, und es tat ihm sogar leid, dass sie sich in der Scheune ganz offenbar unbehaglich gefühlt hatte.
Nicht einmal der Raureif hatte seine Laune auf Dauer verbessern können. Ins Dunkel der Scheune verbannt, war er davon überzeugt, dass jeden Moment die Sonne herauskommen und die Wolken vertreiben würde. Dann wäre der Nebel bald verschwunden und der Raureif gleich mit. Und niemand wusste, wann es wieder einmal einen geben würde.
Stundenlang drehte und wälzte sich Klakke mit wilden Träumen, bis er schließlich erwachte und gleich wis-

sen wollte, ob es die wunderbare Winterlandschaft noch gab. Die Dämmerung war noch nicht hereingebrochen. Sein gesunder Wichtelverstand sagte zwar, er müsse sich versteckt halten, aber erneut war der jugendliche Drang stärker.

Im Freien stellte Klakke hocherfreut fest, dass die Sonne den ganzen Tag hinter den Wolken geblieben war. Der Raureif war noch da!

Nach und nach spürte Klakke, wie sein Groll gegen die Larsens nachließ. Seine gewohnte Fröhlichkeit kehrte zurück. Er flitzte über den schneebedeckten Hof bis zum Waldrand, wobei er laut pfiff und bei jedem Schritt die Beine hoch in die Luft warf. Noch immer verstand er nicht, warum die Larsens ihm am Weihnachtsabend keinen Reispudding hingestellt hatten, aber in der stillen Schönheit des Raureifs verflog sein Ärger und er konnte wieder klar denken. Das schlimme Versäumnis hatte vielleicht damit zu tun, dass Herr und Frau Larsen so schnell abreisen mussten. Vielleicht waren alle viel zu beschäftigt gewesen, um an ihren armen, kleinen Wichtel zu denken. Na ja, für diesmal konnte er ihnen wohl verzeihen. Wie er nur allzu gut wusste, würde Gammel sagen, dass Vergebung der freundlichste aller möglichen Pfade sei. Klakke hatte die nötigen Streiche gespielt. Jetzt war er bereit, sich wieder anständig zu benehmen.

Als Klakke seine Runde um den Larsen-Hof beendete, erreichte er den Garten hinter dem Haus. Es war Nachmittag, kurz vor der früh einbrechenden Dunkelheit, und im Haus brannte kein einziges Licht.

Die Neugier trieb ihn in den Garten der Larsens, wo er im Sommer zwar oft genug die Blumenbeete bewundert, sich in der Regel aber nicht hineingetraut hatte. Denn was wäre, wenn aus einem Fenster des Backsteinhauses jemand herausschaute?

Ganz verwegen schob sich Klakke durch die sorgfältig gestutzte Hecke, auf der jetzt schwer der Frost lastete. Er nahm den befestigten Weg zwischen Schuppen und Terrasse, wo er nur ganz kurz zögerte, bevor er die beiden Steinstufen hinaufging. Zwar merkte er durchaus, dass er noch nie so nahe am Haus gewesen war, doch eine unbezähmbare Neugier drängte ihn weiter in Richtung des Gegenstands, den er schon so oft auf der Terrasse gesehen hatte.

Er konnte nicht genau sagen, warum er es tat. Es war keine Rache, denn er hatte den Larsens ja voll und ganz verziehen. Eher war es so, dass der Raureif eine seltsame Wirkung auf diesen stets zu Schabernack aufgelegten Wichtel ausübte, ihn aufs Haus zugehen ließ, zum Kinderwagen und hin zur kleinen Pia.

Klakke schaffte es, am Kinderwagen hinaufzuklettern, ohne dass er wackelte. Beim Anblick der kleinen Pia hielt er vor Schreck – und vor Entzücken! – den Atem an. Das Menschenbaby schlief wie ein kleiner Schnee-Engel, ganz süß und unschuldig. Seine rosigen Pausbäckchen blähten sich bei jedem Atemzug noch weiter auf.

46

Und obwohl er an diesem Dezembernachmittag die Scheune überhaupt nicht aus diesem Grund verlassen hatte, hob er sie behutsam aus dem Kinderwagen.
Und dann nahm Klakke die kleine Pia einfach mit.

Panik

So schockiert Bettina auch war, verharrte sie nur den Bruchteil einer Sekunde, bevor sie zur Hintertür hinausrannte. *Pia ist sicher nicht weit gekommen,* schoss es ihr durch den Kopf. Ganz offenbar war sie verwirrt und unfähig, logisch zu denken. Sonst wäre ihr klar gewesen, dass Pia nirgendwohin »kommen« konnte. Sie konnte ja noch nicht einmal laufen.

Bettinas Herz und Verstand schienen einen Wettlauf zu veranstalten – beide hämmerten, als hätte ein führungsloses Orchester ihr Inneres in Beschlag genommen. Ihre Füße, mit nichts als Socken umhüllt, stimmten in die grauenhafte Musik ein, während sie ziellos auf der Terrasse und im Garten herumraste und nach ihrer Schwester suchte. Langsam gewann jedoch die Logik die Oberhand. Dass Pia aus dem Wagen geklettert und davonspaziert war, konnte einfach nicht sein. Ein Gedanke, so dumpf wie ein Paukenschlag, ließ die Musik abrupt aufhören: *Wenn Pia nicht von alleine weggegangen ist, dann hat sie jemand mitgenommen!*

Stetig und unaufhaltsam wie die Schatten im Abendwald

setzte Panik ein. Bettina suchte die Terrasse nach Fußspuren ab, fand aber nur ihre eigenen, die dahin und dorthin und dann im Kreis herum führten. Wenn jemand das Baby aus dem Wagen genommen hätte, müssten im Schnee Spuren sein. Das ergab alles überhaupt keinen Sinn. Was hatte sie übersehen?

Bettina ließ den Blick über den Garten schweifen. Aber wohin sie auch sah – der Raureif schien unverändert. Kein Ast, kein einziges Zweiglein war berührt.

Gerade wollte sie in der Scheune nachsehen, da bemerkte sie eine dunkle Stelle unweit des Weges, der in den Wald führte – eine Stelle, die weniger glitzernd aussah als ihre Umgebung. Die Setzlinge, die am Waldrand wuchsen, waren nackt. Jemand hatte das Eis von den kleinen Zweigen abgeschlagen. Und dennoch gab es weder Spuren noch sonstige Hinweise. Sie sah zur Terrasse und ließ ihren Blick den Weg entlang bis zu der Stelle folgen, an der sie kniete. Was war klein genug, um nur die winzigsten Zweige in Mitleidenschaft zu ziehen, und gleichzeitig groß genug, um ein Baby wegtragen zu können – und das alles, ohne im Schnee Spuren zu hinterlassen? Ein Vogel? Ein Tier, das ganz weit springen konnte?

Solche Tiere gab es in den Wäldern Dänemarks aber nicht. Kaum in der Lage zu atmen, drehte Bettina sich zum Wald. »Pia!«, rief sie, aber aus der Dunkelheit kam nur ihre eigene Stimme zurück, allerdings dünner und einsamer als beim Verlassen ihrer Kehle.

Vielleicht hat ein starker Wind das Baby aus dem Wagen geho-
ben, war Bettinas nächster verrückter Gedanke. *Vielleicht*
ist es ja nur außer Sichtweite und sitzt bibbernd und frierend,
ansonsten jedoch unverletzt, unter den Kiefern. Die Socken
klatschnass und ohne Gefühl in den Zehen, machte Bettina vorsichtig einen Schritt nach vorne.

Aber was im Garten ein dämmriger Abend war, wurde unter den Bäumen so schwarz wie die Mitternacht.

»Solen er så rød, mor,
og skoven blir så sort ...«

Das Schlaflied, das sie vorhin für Pia gesungen hatte, kam
ihr in den Sinn.

»Die Sonne ist so rot, Mutter,
der Wald ist so schwarz ...«

»PIA!«, rief Bettina erneut, aber die Bäume antworteten
mit vollkommener Stille. Bettina zitterte. Sie war nicht
warm genug angezogen, um so lange draußen zu sein. Die
Zehen taten ihr weh. Sie musste ins Haus.

In ganz Lolland hielt der Raureif an, aber ohne Tageslicht
hörte er auf zu glitzern. Als Bettinas Blick auf den leeren
Kinderwagen in der Küche fiel, hörte sie unwillkürlich Farfars Stimme. *Bei Raureif passieren die allerseltsamsten Dinge.*

Suche

In Windeseile zog Bettina sich wärmere Sachen an – eine Schneehose, eine daunengefütterte Skijacke. Im Schränkchen neben der Tür fand sie die wärmsten Handschuhe ihres Vaters, in der Holzkammer schlüpfte sie in ihre Winterstiefel. Was machte es schon, dass es dunkel war? Sie redete sich ein, keine Angst zu haben, nicht vor der Dunkelheit, nicht vor dem Wald, und schon gar nicht vor seltsamen oder gar mysteriösen Erlebnissen. Eine jüngere Bettina hätte vielleicht Angst gehabt, aber diese Bettina war alt genug, die Dinge in die Hand zu nehmen. Ihre Aufgabe war jetzt, Pia zu finden. Während des Anziehens überlegte sie hin und her, wie sie am besten vorgehen sollte.

Ihr erster Gedanke war gewesen, Mutter und Vater anzurufen, aber den schob sie schnell wieder von sich. Beide waren weit weg von Lolland, und was konnten sie schon tun, außer sich Sorgen zu machen? Und natürlich enttäuscht zu sein, dass Bettina der übertragenen Verantwortung nicht gewachsen war?

Nein, sie würde die Pedersens um Hilfe bitten. Die Eltern

hatten gesagt, sie solle sich an die Nachbarn wenden für den Fall, dass es Probleme gab. Sie lief in die Küche und griff zum Telefon. Es klingelte dreimal, sechsmal, achtmal, aber niemand nahm ab. Bettina lief ans Fenster, das auf die kahlen Felder und den Nachbarhof dahinter zeigte. Im nebligen Zwielicht war erkennbar, dass weder im Haus noch in der Scheune der Pedersens Licht brannte. Und ihr Pritschenwagen stand auch nicht in der Einfahrt.

Die Pedersens waren nicht zu Hause.

Es blieb nur eines übrig. Bettina ging durch die Hintertür hinaus und geradewegs auf den Waldrand zu. Der Forst war riesig und reichte von der einen Inselseite zur anderen. Gewaltige Eichen und hoch aufragende Kiefern bildeten ein dichtes Gehölz, das nur durch eine Art Lichtung unterbrochen war, auf der ihr Vater und Herr Pedersen ihr Holz spalteten. Wenngleich dort keine hohen Bäume standen, gab es viel dichtes Gestrüpp und neu gepflanzte Setzlinge. Bettina betrat den dunklen Forst. Mitten hindurch zog sich ein Weg, den sie gut kannte. In der einen Richtung führte er in die Stadt, während er sich auf der anderen Seite kilometerlang durch den Wald schlängelte und irgendwann am Meer endete. Kaum hatte sie begonnen, den Weg entlangzugehen, merkte sie, dass sie besser eine Taschenlampe mitgenommen hätte. War der Abend schon dunkel, herrschte im Wald absolute Finsternis.

Nervös sah sie nach links und nach rechts. Sie redete sich zwar ein, dass dies genau derselbe Wald war, in dem den

ganzen Sommer über die Vögel zwitscherten und die Wald-
blumen blühten. Aber in der Nacht – und noch dazu im
tiefsten Winter – flüsterte der Wald recht unfreundliche
Dinge. Hoch droben in den Nestern lagen Vögel auf der
Lauer, Eichhörnchen und Mäuse tauchten überraschend
aus der Dunkelheit auf und huschten über den Weg. Und
was für Tiere ließen sich erst gar nicht blicken? Bettina
verschloss ihre Ohren und ihre Gedanken gegen alles, was
nicht mit der Suche nach Pia zu tun hatte, und ging weiter.
Vater hatte ihr vor Jahren beigebracht, wie man im Schnee
eine Fährte verfolgen konnte, deshalb hielt sie den Blick
auf den Boden gerichtet. Aber leider war die einzige Spur

im ganzen Wald ihre eigene. Es sah ganz danach aus, als sei seit dem letzten Schneefall niemand hier gegangen.

Trotzdem stapfte sie weiter. Dabei trat sie zunächst behutsam auf, denn sie wusste ja nicht, was sich unter der vereisten Schneedecke verbarg. Dann belastete sie den jeweiligen Fuß stärker, um den festen Boden darunter zu erreichen, wobei sie hin und wieder auf einen abgebrochenen Zweig oder einen Baumstumpf trat und deshalb fast das Gleichgewicht verlor. Dürre Äste ragten aus dem Unterholz und zerrten beim Gehen an ihrer Daunenjacke. Bettina versuchte, an nichts anderes als an ihre Mission zu denken, aber die Geschichten von Hexen, Geistern sowie Bäumen, die plötzlich zum Leben erwachen und nach jungen Mädchen greifen, waren nie weit weg.

Mittlerweile war es stockfinster und völlig unmöglich, den Himmel über dem Wald von den Baumwipfeln zu unterscheiden. Wie konnte sie Pia helfen, wenn sie sich jetzt im Wald verirrte? Es blieb ihr nichts anderes übrig, als in ihren eigenen Spuren zu der Stelle zurückzugehen, an der der Wald auf den Weg zu ihrem Garten traf.

Zögerlich folgte sie dem Weg bis direkt an die Hintertür des Hauses. Jemand war auf der Terrasse gewesen und hatte Pia mitgenommen. Aber wer? Niemand hätte das tun können, ohne Fußspuren zu hinterlassen. Jeder – *alles!* – hinterließ doch Fußspuren.

Also alles außer einem Gespenst, einem Geist und einem Wichtel.

Bettina war sich ziemlich sicher, dass sie nicht an Gespenster und Geister glaubte. Aber an die Wichtel? Früher war sie von ihrer Existenz überzeugt gewesen. Doch beim Älterwerden gewinnt nun mal die Logik die Oberhand über die Magie, und Bettinas kindliche Überzeugung ging verloren. Farfar hingegen hatte nie daran gezweifelt. Er hatte sein ganzes Leben fest an die Wichtel geglaubt, genauso fest wie an die Haare auf seinem Kopf.

Bettina stand mit großen Augen da, während die Gedanken in ihrem Kopf durcheinanderwirbelten. War das denn möglich? Mutter und Vater würden den Kopf schütteln und darüber lachen. Aber da Pia nun mal verschwunden war, durfte Bettina keine Möglichkeit ausschließen.

Wenn es so etwas wie die Wichtel gab, entschied sie, und *wenn* einer von ihnen auf dem Larsen-Hof wohnte, dann hatte sie ohne weiteres Zögern einen ganz bestimmten Ort aufzusuchen.

Sie rannte zur Scheune. Das Tor aufstoßend, schaltete sie die Lichter an und rief gellend: »Ich heiße Bettina Larsen, und ich will meine Schwester wiederhaben!«

Hans und Henrietta hoben die Köpfe aus dem Futtertrog und hörten auf zu kauen. Die Ziegen sahen sie erschrocken an, und die Stallkatzen verzogen sich in den hinteren Teil der Scheune. Es war ganz still.

Bettina stand wie festgefroren. Sie sah zum Heuboden hinauf und lauschte angestrengt, ob nicht doch irgendein leises Geräusch zu hören war. Aber da war nichts.

»Hör zu, Wichtel!«, rief sie ins Leere und merkte zu ihrem Entsetzen, wie wenig Autorität in ihrer Stimme lag. »Wenn du da bist und meine Schwester gestohlen hast, dann will ich, dass du sie mir heute Abend zurückgibst!«

Immer noch gab es keine Antwort. Bettina wandte sich zum Gehen. Hans und Henrietta hatten die Köpfe wieder in ihren Trog gesteckt und kauten genüsslich weiter, ansonsten war es still. Bettina blieb stehen. Kauten genüsslich weiter? Sie hatte die Tiere jetzt am Abend noch nicht gefüttert.

Bettina sah sich um. Die Pferde hatten frisches Getreide. Die Ziegen standen da und hatten links und rechts Heu aus dem Maul hängen. Jeder Wassereimer war randvoll mit frischem Wasser. Selbst der Fressnapf der Katzen war bis obenhin gefüllt.

Sollte sie je Zweifel gehabt haben, dass es in der Larsen-Scheune einen Wichtel gab, dann waren diese hiermit schlagartig verschwunden. Aber wer war dieser Wichtel? Und, noch wichtiger: War er da, um zu helfen oder um Schaden anzurichten?

Erleuchtung

Aus Panik und Entschlossenheit wurde Verzweiflung.
Wäre sie doch bloß bei Pias Mittagsschläfchen nicht eingenickt! Der Wichtel hätte das Baby sicher nicht mitgenommen, wenn sie nicht so nachlässig gewesen wäre. Was
sollte ein Wichtel denn mit einem Baby anfangen? Keine
der Antworten, die Bettina einfielen, sorgte dafür, dass sie
sich besser fühlte.
In der Küche machte sie das Licht an. Da stand Pias Wagen, genau so, wie Bettina ihn zurückgelassen hatte. Was,
wenn die letzten Stunden nichts als ein böser Traum gewesen wären? Was, wenn Pia hier einfach selig geschlafen
hätte? Mit einem klitzekleinen Fünkchen Hoffnung – und
großem Bedarf an einem Wunder – ging Bettina zu dem
Kinderwagen und schlug behutsam die Decken beiseite.
Aber da lag kein schlafendes Baby. Nur eine mitgenommene Stoffgans. Pia war leider nicht auf wunderbare Weise an
ihren Platz zurückgekehrt.
Plötzlich begannen die Tränen zu fließen, die Bettina so
lange zurückgehalten hatte. Sie nahm das Stofftier und

presste es an ihr Gesicht. Es roch süßlich und frisch, genau wie Pia, wenn sie gebadet hatte. Bettinas Herz tat weh. Wo konnte Pia an diesem kalten Abend nur sein?

Gerade mal eineinhalb Tage lang hatte sie auf dem Hof die Ordnung aufrechterhalten können, bevor dann so etwas Furchtbares geschah. Die Stoffgans noch immer in der Hand, ging Bettina langsam ins Wohnzimmer. Papa würde am Wochenende aus Skagen zurückkommen. Mama und Großmutter würden ebenfalls bald wieder da sein. Bettina wusste, dass sie bis dahin alles wieder in Ordnung bringen musste. Aber wie?

Sie setzte sich auf das Sofa, auf dem sie am Nachmittag geschlafen hatte. Jetzt war sie allerdings alles andere als müde. Sie sah sich um. Es war ein gemütliches Wohnzimmer. Mamas Schaukelstuhl stand nicht weit von Papas Lieblingssessel. Fotos von Bettina und Pia schmückten das Beistelltischchen. Auf einem anderen Foto lächelte Farfar so zuversichtlich und schelmisch, als wollte er ihr aus seinem silbrigen Bilderrahmen etwas sagen. Bis zur Decke reichende Regale, in denen Bücher ohne erkennbare Ordnung standen, bedeckten eine ganze Wand. Diesen Teil des Hauses nannte Mama gern »die Bibliothek«, wenngleich es natürlich kein abgetrennter Raum war.

Bettina stand auf und ging hinüber zur Bibliothek. Mit den Augen suchte sie die Regale ab, ohne allerdings recht zu wissen, warum. Sie kannte sie so gut, dass sie die Buchtitel mit geschlossenen Augen hätte aufsagen können. Es gab Bilderbücher, und beim Anblick von Pias Lieblingsbüchern krampfte sich Bettina der Magen zusammen. Es gab Bücher zur Holz- und Tischlerarbeit. Und zum Stricken und Nähen. Es gab Geschichtsbücher und Märchenbücher. Es gab Kochbücher und Bücher mit Landkarten aus aller Welt, die Bettina so faszinierten, dass sie sich stundenlang in die Seiten vertiefen konnte.

An diesem Abend richtete sich ihr Blick aber auf das Regalbrett mit den Gartenbüchern. *Blumen über Blumen, Wintergemüse leicht gemacht* und *Spalierpflanzen am Haus*. Ganz am Rand des Regals stand ein großes weißes Buch, an das Bettina sich nicht mehr erinnern konnte. Gesehen hatte sie es aber schon. Farfar war mitunter damit zugange gewesen, die buschigen grauen Augenbrauen nachdenklich zusammengezogen. Es verschlug ihr den Atem, als sie den Titel las: *Haltung und Pflege der Wichtel*.

Bettina trug das Buch zum Küchentisch. Sie setzte sich auf einen der Holzstühle und hielt kurz inne, bevor sie das Buch aufschlug. Voll mit Abbildungen und ausführlichen Beschreibungen, enthielt es Berichte über Sichtungen von Wichteln sowie Wichtelgeschichten und – besonders hilfreich – Fakten über Wichtel.

Bettina schlug das Kapitel »Über das Naturell der Wichtel« auf und las:

Der Wichtel ist in der Regel ein freundliches Geschöpf. Er ist stolz darauf, zur Familie zu gehören, und kümmert

sich um alle Familienangehörigen, die Menschen wie die
Tiere, mit größter Sorgfalt und ebensolchem Respekt.

Diese Sätze trösteten Bettina, denn wenn ihre kleine
Schwester sich in diesem Moment wirklich bei einem Wichtel befand, dann war er vermutlich nett und fürsorglich. Sie
las weiter, um vielleicht den Grund zu erfahren, warum Pia
entführt worden war. Womöglich gab es in dem Buch ja auch
einen Abschnitt über Wichtel, die kleine Kinder rauben.
Bettina las und las. Sie stieß auf lang vergessene Dinge, die
Farfar ihr irgendwann erzählt hatte – dass Wichtelpärchen
immer nur zwei Kinder haben, nämlich Zwillinge; dass
Wichtel eng mit der Natur verbunden sind; und dass sie
tagsüber schlafen, in der Nacht hingegen herumtollen,
spielen und arbeiten.
Außerdem erfuhr sie allerhand Neues: Wichtel kennen
sich gut im Wald aus, haben eine hervorragende Orientierung und verirren sich niemals, nicht einmal in frem-
der Umgebung. Zudem kann man Wichtel nicht anlügen,
denn sie können einem direkt ins Herz hineinschauen
und wissen sofort, ob man es gut oder schlecht mit ihnen
meint. Außerdem stand in dem Buch, dass Menschen und
Wichtel sich so gut wie nicht begegnen, denn der Wichtel
tut alles, um nicht gesehen zu werden.
Wenngleich sie all diese Informationen äußerst interes-
sant fand, fehlte doch das, was sie eigentlich wissen wollte.
Ganz am Ende des Buches stieß sie dann schließlich auf

das Kapitel: »Der verstimmte Wichtel.« Sie holte Luft und begann zu lesen.

Wenngleich die meisten Wichtel gutmütig und nicht einmal dann nachtragend sind, wenn ihre Familie sie gar nicht zur Kenntnis nimmt, so hat doch jeder Wichtel seine Grenze. Wenn ein Bauer und seine Familie ihren Stallwichtel nicht zu würdigen wissen, kann das durchaus auch zu Problemen führen. Dies gilt ganz besonders für den Weihnachtsabend, wenn jeder Wichtel damit rechnet, seinen Reispudding zu bekommen.

»Oh nein!«, rief Bettina, denn sie musste an den weihnachtlichen Telefonanruf und das darauffolgende Chaos denken. Vor lauter Hektik hatten die Larsens vergessen, den Reispudding in die Scheune zu stellen!
Sie las weiter:

Normalerweise rächt sich ein verärgerter Wichtel durch Unfug und Schabernack. Man hat etwa mit Vorfällen in der Scheune zu rechnen – fehlendes oder verlegtes Werkzeug, platte Reifen am Traktor, Tiere im falschen Gehege. In der Regel richtet ein unglücklicher Wichtel keinen wirklichen Schaden an, sondern möchte nur darauf hinweisen, dass ihm etwas missfällt. Nach kurzer Zeit wird alles wieder ganz normal sein.

Bettina dachte an die Unordnung in der Scheune und an das Ziegenfutter.

Allerdings gibt es vereinzelt auch einen Wichtel, der aus der Art schlägt und sich nicht nur ärgert, sondern richtiggehend gefährlich wird.
Das Wichtelvölkchen redet nicht gern über die seltenen Zwischenfälle dieser Art, weshalb der Autor des vorliegenden Buches zu diesem Thema kaum Material sammeln konnte und nur generell warnen kann: Legen Sie sich nie mit einem verärgerten Wichtel an. Es könnte für Sie und Ihre Familie böse enden.

Bettina lief ein Schauer über den Rücken. War Pia einem neugierigen Wichtel in die Hände gefallen? Oder hatte sie einer von der gefährlichen Sorte mitgenommen?

Sie suchte im Buch nach einer Stelle, wo es um entführte Babys ging, fand aber nichts in dieser Richtung. Allerdings wusste sie nicht recht, ob das etwas Gutes oder etwas Schlechtes war.

Bettina las bis in die Nacht hinein und vergaß das Abendessen dabei völlig. Erst weit nach Mitternacht fingen die Buchstaben an, vor ihren Augen zu verschwimmen. Und so schlief das erschöpfte Mädchen mit dem Kopf auf der Tischplatte ein. Das war gut, denn sie musste für den nächsten Tag ausgeruht sein. Wobei sie allerdings mehr als nur ausreichend Schlaf brauchte, um den Wichtel ausfindig zu machen und die kleine Pia nach Hause zu holen.

Als die ersten Sonnenstrahlen durchs Küchenfenster fielen, erwachte Bettina mit steifem Hals und knurrendem Magen. Da sie sofort mit der Suche beginnen wollte, rührte sie einfach Haferflocken mit Milch an und gab noch ein paar Rosinen in die Schale. Als sie gegessen hatte und ihr Bauch wieder einigermaßen friedlich gestimmt war, fühlte sie sich ruhiger und zuversichtlicher als am Abend zuvor. Pia war ganz in der Nähe, dessen war sie sich sicher. Für unterwegs machte sie sich ein Roggenbrot-Sandwich mit Leberwurst und Gurkenscheiben. Sie wickelte es in Folie ein und legte noch ein paar Weihnachtsplätzchen dazu, denn sie wusste ja nicht, wie lange sie weg sein würde. Gemeinsam mit einer Flasche Wasser und einer Taschenlampe verstaute sie den Proviant in ihrem Rucksack, dann ging sie hinaus in den Schnee. Zu ihrer großen Überraschung war der Raureif immer noch da. Dass ein Raureif länger als einen Tag anhalten konnte, war ihr gänzlich neu.

Zuerst ging sie in die Scheune, schließlich mussten die Tiere gefüttert werden, bevor sie sich auf die Suche nach Pia machen konnte. Ganz vorsichtig schlich sie sich hinein, denn vielleicht war ja der Wichtel da. Wenn es ihr gelingen würde, ihn zu überraschen, könnte sie ihn einmal genau betrachten. Oder noch besser, ihn vielleicht sogar fangen! Wobei sie sich natürlich überhaupt nicht überlegt hatte, was sie für den Fall, dass sie einen Wichtel einfangen konnte, tatsächlich machen würde. Vielleicht hätte sie aus dem Haus eine Schachtel oder irgendein anderes Behältnis mitbringen sollen. Aber der Gedanke an einen Wichtel, der in einem Behältnis gefangen war, ließ sie frösteln. Eingesperrt zu sein, würde einen Wichtel doch erst recht wütend machen, oder?

Doch trotz ihrer Vorsicht überraschte Bettina niemanden außer den Tieren. Genau genommen war es Bettina, die überrascht war, als sie sah, dass die Futtertröge bis oben hin gefüllt waren. Erneut waren alle Stallarbeiten verrichtet. Die Tiere waren bereits gefüttert.

Sie schaute nach oben zum Heuboden.

»Danke«, sagte sie und hoffte, mit diesem Ausdruck der Anerkennung ihren Helfer zu erfreuen. »Vielen Dank.«

Bettina öffnete das Scheunentor und schaute hinaus. Ihr war klar, dass sie im Hof keine Reifenspuren oder Fußstapfen vorfinden würde. Dennoch kratzte sie sich ratlos am Kopf. Warum sollte sich ein verärgerter Wichtel all die Mühe geben und für sie die Arbeit erledigen?

Wobei es ziemlich sinnlos war, herumzustehen und sich den Kopf zu zerbrechen. Bettina musste langsam ein paar Antworten finden.

Beichte

Jeder, der an dem Dezembernachmittag, an dem Pia verschwand, zufällig am Garten der Larsens vorbeigekommen wäre, hätte etwas so Unwahrscheinliches gesehen, dass er mit Sicherheit an seinem Verstand gezweifelt hätte. Es war schon ein wunderlicher Anblick, wie dieser kleine Wichtel ein Baby schleppte, das sechsmal so groß wie er selbst war. Nur kam an dem Nachmittag natürlich niemand zufällig am Garten der Larsens vorbei. Und als Bettina dann schließlich aufwachte und das Fehlen des Babys bemerkte, war Klakke schon längst tief im Wald.

Ungefähr zur selben Zeit, als Bettina so wild wie vergeblich den Garten absuchte, machte Klakke eine Entdeckung. Obwohl er viel, viel stärker als ein Mensch war, wurde ihm das Kind zu schwer. Wobei die wirkliche Last, an der er zu tragen hatte, nicht das Gewicht des Kindes war. Leiden musste er, weil er überhaupt nicht wusste, was er tun sollte. Die Erkenntnis, dass er vermutlich einen Riesenfehler begangen hatte, zerrte an ihm wie ein viel zu großer Wintermantel.

Die kleine Pia war überhaupt nicht ängstlich. Im Gegenteil, sie schien den Eilmarsch durch den Wald zu genießen. Sie kicherte und streckte die Hand nach den weißen Setzlingen aus, die an ihr vorbeihuschten, wobei sie den Raureif von den Zweigen schlug und in kleinen Eisstückchen zu Boden sandte. Pia wusste nicht, wohin es ging, und schien sich auch nicht groß darum zu kümmern.

Klakke hingegen wusste es. Es gab nur einen einzigen Ort, an den er gehen konnte, abgesehen natürlich vom Hof der Larsens. Wobei es seiner Meinung nach kein Zurück gab. Er hatte schon mehr riskiert, als für einen Wichtel gut war. Mehrmals hätte man ihn sehen können, und dann insbesondere vom großen Küchenfenster aus. Zu den Larsens zurückzukehren, würde einen erneuten Fehler darstellen. Also rannte er weiter in Richtung der krummen, großen Eiche, zu Gammel und den anderen. Und zu seiner sicheren Verurteilung. Was würde Gammel sagen? Und was würde er tun? Was *konnte* er tun, jetzt, wo Klakke im Besitz eines Menschenkindes war?

Klakkes braune Stiefelchen kamen vor der größten Eiche im ganzen Wald zum Stehen. Hier legte er das Baby behutsam in ein Bett aus frostbedeckten Blättern.

»Ich bin gleich wieder da, mein Kleines«, sagte er mit einer hohen und aufgrund der Nervosität auch leicht brüchigen Stimme. »Hab keine Angst, hörst du?«

Als Pia Klakkes kleines Gesicht sah, fing sie an zu lachen. Es war ein herzhaftes Lachen, das von ganz tief aus ihrem

Bauch kam. Sie erkannte den kleinen Mann, den sie schon am Vormittag auf dem Heuboden gesehen hatte, während Bettina die Tiere fütterte. Und erneut freute sie sich über seinen Anblick.

Wie die meisten Wichtel hatte auch Klakke ein rundes Gesicht mit rosigen Wangen, die wie zwei kleine Äpfel aussahen. Seine dunklen Augen funkelten, und die Spitze seiner roten Mütze war leicht zur Seite gekippt. Mit seinen zweiundsechzig Jahren hatte er einen ordentlichen Bart, der genauso braun war wie die Locken, die unter der Mütze hervorquollen. Erst mit etwa hundert würden Bart und Haupthaar langsam grau werden.

Pia wurde unruhig, als ihr neuer Freund aus ihrem Blickfeld verschwand. Ihre Unzufriedenheit sorgte dafür, dass Klakke noch nervöser wurde.

»Nein, nein. Bleib ganz ruhig. Klakke ist gleich wieder da«, sagte er nach hinten über die Schulter und verschwand unter einer knorrigen Wurzel am Fuß des Baumes. Unter der Wurzel, die sich auf derselben Höhe wie die Mütze des Wichtels befand, war eine kleine Eichentür. Behutsam hob er den Türklopfer und ließ ihn sanft fallen.

Lange blieb es still. Doch schließlich machte eine rundliche Wichtelfrau in moosgrünem Rock und bestickter weißer Bluse die Türe auf. Ihre lange grüne Wichtelmütze war nicht so abgeknickt wie die von Klakke. Straff geflochtene und mit grünen Schleifchen zusammengebundene Zöpfe hingen ihr links und rechts am Gesicht herunter. Sie sah vollkommen sauber und gepflegt aus. Als sie den Besucher erkannte, wurden ihre Augen vor Überraschung ganz groß.

»Klakke, mein Lieber!«, rief sie aus und umarmte ihn stürmisch. »Du hast so leise geklopft, dass ich gar nicht auf die Idee kam, dass du es sein könntest!« Klakke war im Wald nicht unbedingt als der leiseste aller Wichtel bekannt.

»Hallo, Pernilla.« Klakke trat nervös von einem Fuß auf den anderen und schaute vorsichtig nach hinten, um sich zu vergewissern, dass mit Pia alles in Ordnung war.

Die Wichtelfrau nahm Klakke an der Hand und zog ihn hinein. Es war eine Weile her, dass er die Wohnung unter der großen Eiche besucht hatte. Klakke sah sich um und musste lächeln. Alles war unverändert. Der Holzboden war sauber gewischt, das Feuer im Kamin brannte, und Gammel saß davor und war so in seine Lektüre vertieft, dass er das Klopfen gar nicht gehört hatte.

»Geht es dir gut, mein Lieber?«, fragte Pernilla leise. »Es ist noch nicht ganz dunkel, und du weißt ja, dass du um die Zeit nicht draußen sein solltest.«

»Also, ich ...«, stammelte Klakke und vermied es, Pernilla in die Augen zu sehen. »Ich müsste mal mit Gammel reden.«

Pernilla nickte, wobei ihre gerunzelten Augenbrauen erkennen ließen, wie besorgt sie war.

»Gammel!«, rief Pernilla. »Sieh nur, wer nach Hause gekommen ist.«

Sogleich errötete sie, was ihre ohnehin rosigen Wangen noch dunkler werden ließ. Gammel würde sie sicherlich korrigieren, wenn auch nur sanft. Die alte Eiche war nicht Klakkes Zuhause. Sie war es auch nie gewesen. Klakkes Zuhause war bei den Larsens. Aber Pernilla mochte ihren jüngeren Cousin so sehr, dass sie hoffte, er würde die Wohnung unter der Eiche als sein zweites Zuhause betrachten. Gammel, ein gedrungener, alter Wichtel mit einem Bart, der sich wie ein grauer Fluss über seine Brust und seinen dicken Bauch erstreckte, sah von seinem Buch auf, ohne sich jedoch zu erheben. Er blinzelte über das Drahtgestell seiner runden Brille.

»Aha«, sagte er, und ein ironisches Lächeln umspielte seinen Mund. »Zu Hause mag er sein, aber nach Hause muss er gehen, wenn er hier fertig ist.«

Damit stand Gammel auf und kam langsam auf den jungen Wichtel zu. Auch er begrüßte Klakke mit einer herzlichen Umarmung.

»Komm«, sagte der Alte. »Setz dich zu mir ans Feuer und erzähle, was es bei den Larsens Neues gibt.«

»Also, ich ...«, begann Klakke, aber weiter kam er nicht. Zwei kleine Wichtelkinder kamen aus dem Nebenzimmer hereingestürmt.

»Klakke ist da! Klakke ist da!«, riefen sie freudig, umarmten seine Beine und tanzten jubelnd im Zimmer umher.

»Guten Tag, Tika. Guten Tag, Erik«, begrüßte Klakke die beiden Knirpse.

Hinter ihnen betrat noch ein graubärtiger Wichtelmann den Raum, der älter als Klakke, aber bei Weitem jünger als Gammel war.

»Guten Tag, Hagen.«

Hagen war ein recht stämmiger Wichtel, der offensichtlich hart arbeitete und deshalb ziemlich viel Kraft hatte. Er begrüßte Klakke mit einem herzlichen Gruß und einem Händedruck, der so fest war, dass Klakke beinahe aufgejault hätte.

»Schön, dich zu sehen, mein Junge.« Hagen grinste und gab dem jungen Wichtel einen energischen Klaps auf die Schulter.

»Ebenso, ebenso«, erwiderte Klakke, aber anstatt einen Schritt ins Zimmer zu machen, drehte er sich nervös zur Tür um. Gammel, der Älteste und Weiseste im Raum, verstand schnell, was das bedeutete.

»Klakke?«

»Ja?«

»Hast du jemanden mitgebracht?«

»Ja.«

»Nun, wer ist es? Sei nicht unhöflich und lasse unseren Gast nicht draußen in der Kälte stehen.«

Gammel machte zwei schnelle Schritte Richtung Türe, aber Klakke versperrte ihm den Weg.

Gammel sah ihn überrascht an.

»Klakke.«

»Ja?«

»Sieh mich an.« Gammels Stimme war ernst.

Klakke gehorchte und sah direkt in die kleinen schwarzen Augen des Älteren. Diese verengten sich, als Gammel sich konzentrierte, wurden dann vor lauter Ungläubigkeit jedoch ganz groß.

»Ein Menschenkind? Aber Klakke!«

»Ja ...« Klakke brach den Blickkontakt ab und starrte auf den blitzsauberen Holzboden.

Pernilla und Hagen schnappten gleichzeitig nach Luft. Selbst die beiden Kleinen wurden leise. Alle Augen richteten sich auf Gammel, der nun keinen Moment länger zögerte.

»Du musst das Baby hereinholen«, befahl er. »Und zwar sofort.«

Wieder weg

Ohne ein weiteres Wort tat Klakke, wie ihm geheißen. Aber als er unter der großen Wurzel auftauchte, blieb ihm die Spucke weg.

Die kleine Pia war verschwunden.

Er war sich ganz sicher, sie direkt vor der Wohnung hingelegt zu haben, genau hier, am Fuß des Baumes. Er konnte ja sogar noch den Abdruck sehen, den ihre Decke im überfrorenen Schnee hinterlassen hatte. Schnell ging er um die Eiche herum, erst in die eine, dann in die andere Richtung. Klakke nahm die Mütze ab und fuhr sich mit den Wurstfingerchen durch die Locken. Noch einmal inspizierte er die Stelle, an der er Pia zurückgelassen hatte. Aber auch jetzt sah er nur den eingedrückten Schnee, auf dem noch kurz zuvor die Decke mit dem Baby gelegen hatte.

Zögerlich ging Klakke wieder in die Wohnung unter der Eiche. Ohne zu klopfen drückte er behutsam die kleine Holztüre auf und trat ein. Hagen, Pernilla und die Kinder warteten schon voller Vorfreude auf die Bekanntschaft mit einem Menschenkind. Gammel hingegen stand am Feuer, hatte einen Fuß auf die Kaminplatte gestützt und strich sich über den Bart.

Pernilla war die Erste, die fragte.

»Klakke, wo ist das Baby?«

Gammel sah weiterhin ins Feuer.

»Es ... es war nicht mehr da«, stotterte Klakke. »Es ist weg. Tut mir leid, Gammel. Ich habe keine Ahnung, was passiert ist.«

Wichtel geraten von Natur aus nicht so schnell in Rage, und Gammel war alt genug, um zu wissen, dass Wutausbrüche ohnehin zu nichts führen. Er schimpfte nicht mit Klakke. Er ging auch nicht herum, um über die Situation nachzudenken. Aber als er schließlich aufblickte, hatten seine schwarzen Augen etwas von ihrem Glanz verloren.

»Ich habe fast befürchtet, dass so etwas passiert.«

Es hatte den Anschein, als würde er mit Hagen reden, der bedächtig nickte. Sogar Pernilla schien zu wissen, was Gammel nicht laut sagte. Klakke sah von einem Wichtel zum anderen, in der Hoffnung, aus dem schlau zu werden, was hier unausgesprochen blieb.

»Glaubst du wirklich, dass *er* das war?«, fragte Pernilla mit aufgerissenen Augen.

»In der Tat«, bestätigte Gammel.

»Wer ist ›er‹?«, fragte Klakke, wobei seine Zehen nervös auf den glatten Eichenboden tappten.

Die älteren Wichtel ignorierten ihn völlig und redeten weiter, als sei er gar nicht anwesend.

»Aber das ist doch Jahre her«, protestierte Hagen. »Was denkt er sich dabei? Jetzt zurückzukommen, nach dieser langen Zeit?«

»Wer ist zurück? Über wen redet ihr?« Klakkes Körper schnellte unwillkürlich auf und ab, als er die Gesichter der anderen Wichtel nach Hinweisen absuchte.

»Vielleicht will er ja alles wieder in Ordnung bringen.« Gammels Stimme klang recht zuversichtlich.

»Oder noch mehr Ärger machen«, erwiderte Hagen, und mit einem Mal wusste Klakke, von wem die Rede war. Seine Zuversicht verpuffte wie das Feuerwerk am Mittsommerabend.

Gammel schien bereits einen Plan zu haben, als er sich jetzt doch endlich an Klakke wandte. »Wir brauchen die Schwester. Klakke, du weißt, was du zu tun hast«, sagte er mit Nachdruck.

Klakke nickte, fest entschlossen, diesmal alles richtig zu machen. Er verließ eilig die Wohnung und rannte in den Wald hinein, wobei er den großen Spuren folgte, die nur von Bettinas Stiefeln stammen konnten und wohl entstanden waren, als sie auf der Suche nach ihrer kleinen Schwester an der Eiche vorbeigestapft war.

Verfolgungsjagd

Der Forst war düster, aber wegen des Schnees konnte Bettina den Boden zu ihren Füßen erkennen. Sie hatte den Wald genau an der Stelle betreten, wo der Raureif von den Setzlingen geschüttelt worden war. Zuvor hatte sie über das Feld hinweg einen Blick auf das Haus der Pedersens geworfen. An der schmalen Rauchsäule über dem Schornstein war zu erkennen, dass Rasmus und Lisa zu Hause waren. Sollte sie die beiden um Hilfe bitten? Nach kurzem Zögern drehte sie sich aber zum Wald und ging alleine los. Wenn sie es mit einem Wichtel zu tun hatte, war es wohl besser, wenn so wenig Menschen wie möglich an der Sache beteiligt waren.

Bettina wusste indessen nicht so genau, wonach sie eigentlich suchte. Da jedoch im Buch stand, dass manche Wichtel in kleinen Wohnungen unter der Erde wohnten, hielt sie den Blick auf den Boden gerichtet. Fast eine Stunde lang ging sie durch bekannte Teile des Waldes. Sie überquerte die schmale Lichtung, auf der Vater und Herr Pedersen immer das Holz machten. Mehrmals war sie dabei gewesen und hatte geholfen, die Scheite zum Pritschenwagen an der Straße zu tragen. Doch sie hielt sich nicht lange damit auf, hier zu suchen, denn in einem gerodeten Waldstück gab es ja so gut wie keine Verstecke mehr.

Als sie wieder in den dunklen, unberührten Forst eintauchte, erkannte sie ein paar Orientierungspunkte. Vor ihr ragte die gewaltige Fichte auf, die ihr immer wie der ideale Weihnachtsbaum für eine Familie von Riesen vorgekommen war. Daneben stand die krumme, große Eiche, die jeden Herbst Millionen von Eicheln abwarf. Bettina sammelte sie immer auf, um im Winter damit die Eichhörnchen zu füttern. Vater wollte die Nagetiere eigentlich zu keiner Jahreszeit im Garten haben, aber Pia liebte es, ihnen vom großen Fenster aus zuzusehen. Erst letzte Woche hatte Bettina sie hochgehoben, damit sie in Richtung der Eichhörnchen brabbeln und quietschen konnte, als diese gerade im Garten herumtollten. Die Laute, die sie von sich gab, klangen so glücklich, dass selbst Vater seine Arbeit liegen ließ und ans Fenster kam, um sich das anzusehen.

Die Erinnerung an Pia ließ Bettina ihre Schritte beschleunigen und noch tiefer in den Wald hineingehen. Die Bäume standen jetzt dichter beisammen – Kiefern und Buchen, Eichen und Tannen. Bettina wusste nur zu gut, dass sie möglicherweise im Kreis ging. Aber noch war sie nicht auf ihre eigenen Fußstapfen gestoßen. Sobald sie das Gefühl hätte, sich verlaufen zu haben, würde sie einfach umdrehen und ihren Spuren folgend nach Hause finden.

Der Tag war genauso grau und verhangen wie der Tag zuvor. Der Raureif hatte alles fest im Griff. Die Sonne hielt sich versteckt. Nachdem Bettina eine – wie es ihr vorkam – halbe Ewigkeit marschiert war, wurde ihr langsam mulmig. Sie sah hinauf zu den Baumwipfeln, wo hin und wieder ein Fetzchen kalter Dezemberhimmel auftauchte. War es schon Nachmittag? Oder sogar noch später?

Obwohl sie wettergemäß angezogen war, lag in der Luft eine Feuchtigkeit, die durch die Schichten ihrer Kleidung drang und ihr mit eisigen Fingern den Nacken hinunterkroch. Wie lange konnte sie noch suchen, bevor die Kälte sie wieder nach Hause trieb?

Hinter einer Douglas-Tanne tauchte ein dicker, schneebedeckter Baumstumpf auf, weshalb sie beschloss, sich hinzusetzen und ein Päuschen einzulegen. Sie fegte mit dem Arm den Schnee von der Oberfläche und öffnete dann den Rucksack. Nachdem sie zuvor überhaupt nicht bemerkt hatte, wie hungrig sie war, schmeckten ihr Roggenbrot und Leberwurst jetzt hundertmal besser als beim Mittagessen in der Schule. Sie wischte sich den Mund ab und betrachtete den umliegenden Wald.

War sie hier schon einmal gewesen? Aufgrund des Baumstumpfs wusste sie, dass zumindest Vater schon hier gewesen sein musste und den dazugehörigen Riesenbaum gefällt hatte. Bettina kniff die Augen zusammen, um so weit wie möglich in die Ferne sehen zu können. Die Gegend kam ihr nicht bekannt vor. Alles war ganz still. Auch weiter entfernt gab es keine Bewegung, also erhob sie sich, um den Rucksack wieder zuzumachen und zu überlegen, ob sie noch weiter in den Wald hinein oder lieber wieder nach Hause gehen sollte. Vielleicht war Pia ja auf genauso mysteriöse Art und Weise zurückgekehrt, wie sie verschwunden war. Wobei Bettina wusste, dass es sich dabei um nichts als Wunschdenken handelte. Hier draußen würde sie Pia mit Sicherheit eher finden, als wenn sie daheim im Wohnzimmer herumsaß.

Bettina setzte die Suche fort. Aber kaum hatte sie ein paar Schritte gemacht, bemerkte sie aus dem Augenwinkel, wie sich etwas bewegte. Sie drehte schnell den Kopf, um dieses Etwas genauer zu betrachten. Aber was immer es auch sein mochte, es war stehen geblieben. Vielleicht ein Kaninchen. Oder auch nur ihre Einbildung.

Sie warf sich den Rucksack über die Schultern und stapfte weiter. Da war es schon wieder! Diesmal sah sie es eine ganze Sekunde lang. Es war klein und schnell wie der Blitz. Und rot. Rot? Was gibt es im winterlichen Wald denn Rotes? Sie eilte zu der Stelle, wo sie den Farbklecks gesehen hatte, und wartete. Weiter vorne, aber nicht allzu weit entfernt, entdeckte sie den roten Fleck erneut und ging ihm nach.

Immer wieder verschwand der Farbfleck und tauchte nur wenige Meter weiter wieder auf, ganz so, als wolle er Bettinas Interesse geweckt halten. Sie näherte sich so weit wie möglich, konnte aber einfach keinen Blick auf das erhaschen, was sie da durch den Wald führte. Bettina merkte schnell, dass es ihr so gut wie unmöglich war, den Boden vor sich und gleichzeitig die Umgebung im Auge zu behalten.

Eine geschlagene halbe Stunde lang folgte sie dem roten Farbklecks. Immer wenn sie dachte, jetzt hätte sie ihn verloren, tauchte er wieder auf. Irgendwann wurde es Bettina zu dumm. War das eine Falle? Wollte jemand, dass sie die Orientierung verlor und tagelang im Wald umherirrte?

Bettina blieb stehen. Alles um sie herum war fremd. Sie sah auf den Boden und entdeckte unzählige Fußspuren, allesamt ihre eigenen. Wie konnte sie nur so dumm gewesen sein? Blindlings war sie einem kleinen Farbfleck gefolgt, und jetzt? Jetzt malte sie sich aus, wie ihre Eltern heimkamen und feststellen mussten, dass nicht nur eine, sondern sogar beide Töchter fehlten!

Weiter vorne gab es wieder eine Bewegung. Konzentriert folgte Bettina dem Ding und versuchte dabei, in ihrer Umgebung irgendetwas Bekanntes zu entdecken. An einer Kiefer vorbeigehend, befand sie sich plötzlich am Fuß einer großen, krummen Eiche, besser gesagt genau der mit den Millionen von Eicheln, in deren Nähe Vater und Herr Pedersen immer ihr Holz schlugen. Wie war sie denn nur wieder hierhergelangt, wo sie doch vor wenigen Sekunden noch glaubte, sich komplett verlaufen zu haben?

Bettina wollte einen Schritt auf den Baum zu machen, doch ihr Fuß verfing sich in einer knorrigen Wurzel. *Zack!*

Sie knallte auf den harten weißen Boden, die Arme weit von sich gestreckt und die Nase im eisigen Schnee. Immer noch auf dem Bauch liegend, wischte sich Bettina mit einer behandschuhten Hand den Schnee aus dem Gesicht.

Als sie dann die Augen öffnete, machte sie sie auch gleich wieder zu. Das war ein Test, denn sie musste sichergehen, dass die Augen ihr keinen Streich spielten. Langsam öffnete sie sie erneut, atmete dabei ein – und vergaß dann glatt das Ausatmen.

Es war kein Streich. Vor ihr stand der kleinste Mann, den sie jemals gesehen hatte. Sein rundes Gesicht sah ziemlich schelmisch aus und war von braunen Locken sowie einem ebenfalls braunen Vollbart eingerahmt. Er trug einen braunen Mantel und braune Stiefel. Rote Strümpfe reichten ihm bis über die Knie. Und oben auf seinem Kopf saß eine lange rote Mütze, die an der Spitze abgeknickt war. Der rote Farbklecks!

Der kleine Mann sah Bettina so intensiv wie bedeutungsvoll an und verschwand dann unter einer Wurzel am Fuß der krummen Eiche.

Entdeckung

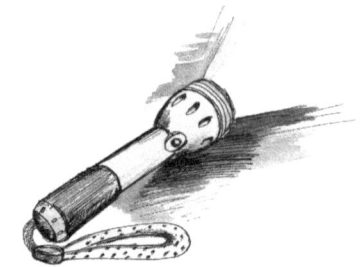

Bettina musste noch einmal extra blinzeln, wie sie da so im Schnee auf dem Bauch lag. Das war ja ein Wichtel! Und zwar so sicher wie das Amen in der Kirche! Er sah genauso aus wie die kleinen Leute aus dem Buch, nur ein bisschen ... echter. Aber wohin war er jetzt verschwunden? Vor ihr befand sich nichts als eine verdrehte, knorrige Baumwurzel.

Sich auf die Ellbogen stützend, zog Bettina mit den Zähnen ihren einen Handschuh aus. Mit der bloßen Hand griff sie nach hinten und tastete nach dem Reißverschluss des Rucksacks. Sie wühlte darin herum, bis sie die Taschenlampe entdeckte. Nachdem sie sie angeknipst hatte, leuchtete sie unter die Wurzel hinein. Fast erwartete sie, dass sich der kleine Wichtelmann dort versteckte und in der Kälte kauerte, möglicherweise genauso überrascht wie sie selbst.

Doch was sie sah, ließ sie nach Luft schnappen. Im Schein der Taschenlampe wurde eine kleine Holztür sichtbar, mit Türklopfer, zwei Scharnieren und einer Klinke, alles aus Messing. Sollte sie vielleicht ... klopfen? Während sie noch überlegte, wie sie den kleinen Türklopfer mit ihren viel zu großen Fingern anheben sollte, ging die Türe von selbst auf und ein alter, grauhaariger Wichtelmann trat heraus. Vom Licht der Taschenlampe geblendet, hielt er die Hand schützend vor die Augen. Er war ähnlich gekleidet wie der Wichtel, dem Bettina durch den Wald gefolgt war, nur dass die Spitze seiner Mütze nach oben ragte.

Und dann sprach der Wichtel.

»Willkommen, Bettina. Wir haben dich schon erwartet.«

Bettina ließ beinahe die Taschenlampe fallen. Dieser alte Wichtelmann redete mit ihr! Und er wusste sogar, wie sie hieß! Mit Mühe hielt sie das Licht weiterhin auf den kleinen Mann gerichtet.

»Ich ... woher kennst du mich?«

Immer noch die Hand vors Gesicht haltend, machte der Mann einen Schritt nach links.

»Wärst du vielleicht so freundlich und würdest das Licht ein bisschen senken?«, fragte er höflich.

»Oh!«, rief Bettina ganz beschämt. »Aber natürlich.«

Sie richtete die Taschenlampe auf die Stiefel des alten Mannes, die dadurch Schatten in den Bereich hinter der Türe warfen. Bettina war wahnsinnig neugierig und hätte gerne – wenn auch nur kurz – an ihm vorbeigeleuchtet, um zu sehen, was sich hinter ihm befand. Aber der kleine Mann war so nett, und vielleicht hatte er ja auch eine Idee, wie sie Pia wiederfinden könnte. Deshalb wollte sie ihn nicht vor den Kopf stoßen.

»Du suchst deine kleine Schwester«, konstatierte der Wichtel.

»Ja.« Bettina holte tief Luft. *Wenn er über Pia spricht, weiß er auch, wo sie ist!* »Ja, ist sie ... ist sie da drin?« Was für eine idiotische Frage. Die Türe war ja viel kleiner als Pia.

Die Pausbäckchen des kleinen Mannes färbten sich noch tiefer rot, als sie ohnehin schon waren. Seine dunklen Augen wurden vor Sorge noch dunkler. Er schüttelte derart heftig den Kopf, dass seine rote Mütze von links nach rechts baumelte.

»Nein, meine Liebe. Leider ist sie nicht hier drin. Eigentlich sollte sie es sein. Aber sie ist es nicht.«

Sie sollte es sein? »Wie meinst du das?«

Der Wichtel machte schon den Mund auf, um zu sprechen, hielt dann aber inne. »Pssst. Hör mal«, sagte er, und sein grau behaarter Kopf kippte samt roter Mütze zur Seite.

Bettina spitzte die Ohren. Sie konnte nichts hören und wollte ihm das auch sagen, doch der Wichtelmann lauschte so angestrengt, dass sie es selbst auch noch einmal versuchte. Zunächst konnte sie nur die Waldgeräusche hören, die es am frühen Abend immer gibt. Spatzen, die ihre letzten Flüge unternahmen, bevor sie sich für die Nacht zur Ruhe begaben. Ein Eichhörnchen, das über einen Baumstamm eilte, um noch ein letztes Versteck aufzusuchen und dort vielleicht eine Nuss als Abendimbiss vorzufinden. Nur ganz normale Waldgeräusche drangen an ihr Ohr, bis jedoch ...

»Bettina! Bettina Larsen!«

84

Das war unverkennbar die Stimme von Rasmus Pedersen. Und sie schien näher zu kommen.

»Auf keinen Fall antworten, Bettina!«, befahl ihr der alte Wichtel.

»Aber das ist doch Herr Pedersen«, protestierte sie. »Er sucht nach mir.«

»Wenn du deine Schwester finden willst, müssen wir andere Menschen aus der Sache heraushalten«, sagte er mit so viel Nachdruck, dass Bettina fast schon gehorchen wollte. Aber da sie mit echten Wichteln überhaupt keine Erfahrung hatte, war sie doch auch argwöhnisch. Sie richtete die Taschenlampe wieder ein bisschen höher. Das seltsame kleine Gesicht wirkte vollkommen aufrichtig und ernsthaft.

»BET-TI-NA!«

Jetzt erklang die Stimme von Herrn Pedersen laut und deutlich. Und nahe. Sehr nahe.

Bettina sah noch einmal zu dem Wichtelmann. Sie könnte Nachbar Pedersen antworten. Sie könnte nach ihm rufen, und er würde sie hören. Aber irgendetwas im Blick, in den Augen des alten Wichtelmanns bewirkte, dass sie ruhig blieb. Es waren zweifellos die gütigsten Augen, die sie seit Farfars Tod gesehen hatte.

»Komm herein«, sagte der Wichtel und deutete auf die kleine Tür.

»Wie? Aber ich kann doch nicht ...«

»Doch, du kannst«, ermunterte er sie. »Greif einfach nach der Tür.«

Nach der Türe greifen? Mit ihrer riesigen Hand?

»BET-TI-NA! BET-TI-NA!«

Sollte sie diesem kleinen Fremdling mehr vertrauen als ihrem langjährigen Nachbarn?

»Na los!«

Bettina, die immer noch auf dem Bauch lag, blickte über die Schulter und sah in der Ferne Herrn Pedersen auftauchen. Als sie sich wieder zum Baum drehte, war der alte Wichtel verschwunden – und die Tür fest verschlossen.

Sie hatte nur einen Augenblick, um sich zu entscheiden.

Die Augen fest zusammengepresst, streckte Bettina schnell die Hand unter die Wurzel. Sie ertastete die kleine Türklinke und drückte sie nach unten. Die Türe öffnete sich, und Bettina wurde von einem plötzlichen Luftzug erfasst und einfach hineingezogen.

Klein

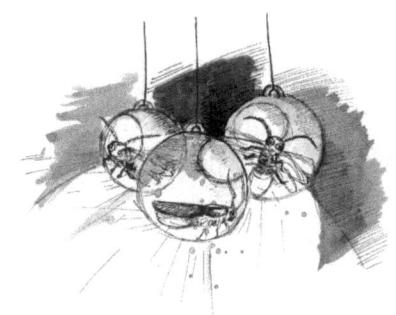

Bettina stand mit drei kleinen Leuten in der Küche einer
urgemütlichen Wohnung.

»Verzeih, Bettina«, sagte der alte Wichtelmann. »Ich habe
mich noch gar nicht richtig vorgestellt. Mein Name ist
Gammel. Willkommen in unserem trauten Heim.«

Gammel streckte seine Hand aus, und Bettina schüttelte
sie. Doch wie verblüfft war sie, dass *ihre* Hand genauso
groß war wie *seine*!

»Ich konnte dich leider nicht mehr warnen«, fuhr Gammel
fort. »Sicher bist du ziemlich überrascht.«

Und das war sie tatsächlich. Bettina hätte sich nicht aus-
malen können, was bei ihrem Griff nach der Türe wohl
passieren würde. Keinesfalls hätte sie aber damit gerech-
net, sich in einer mollig warmen, hell erleuchteten Küche
wiederzufinden, und dann auch noch mit einer Hand-
voll ... ja, sie war sich ziemlich sicher ... Wichtel.

Mochte Bettina auch sprachlos sein – ihre Gastgeber waren es nicht.

»Hallo, meine Liebe. Ich heiße Pernilla«, sagte die Wichtelfrau mit einem so breiten Lächeln und so freundlichen Augen, dass Bettina gar nicht anders konnte, als ebenfalls zu lächeln. »Gammel ist mein Vater.«

Pernilla trug eine saubere weiße Bluse und einen langen grünen Rock, der laut raschelte, als sie einen Schritt auf Bettina zu machte und ihre Hand ergriff. Auf dem Kopf hatte sie auch so eine Mütze wie der Wichtelmann, nur dass ihre grün war. Rechts und links von ihrem Gesicht hingen lange blonde Zöpfe.

»Willkommen«, ließ sich auch der dritte Wichtel vernehmen – ein weiterer Mann. Sein Bart war grau, wenngleich bei Weitem nicht so lang wie der von Gammel. »Ich heiße Hagen«, sagte er mit einer tiefen, aber doch sehr freundlichen Stimme.

Bettina sah sich um. Wo steckte der Wichtel, dem sie durch den Wald gefolgt war? Der kleine Mann mit den dunklen Locken und der abgeknickten Mütze? Er hatte jünger gewirkt als Hagen – wobei das Alter der Wichtel extrem schwer zu schätzen war, wie sie fand. Und wie alt konnte Gammel wohl sein, der ja viel grauere Haare als die anderen hatte?

Obwohl ihr Millionen von Fragen durch den Kopf schossen, konnte Bettina keine einzige tatsächlich formulieren.

»Kommt jetzt«, sagte Pernilla. »Lasst uns einen Cider-Punsch trinken.«

Sofort tauchten hinter Pernilla zwei ganz kleine Wichtelkinder auf – ein Mädchen und ein Junge. Sie nahmen Bet-

tina an der Hand und zogen sie an einen schön gefertigten Tisch aus Eichenholz. *Zwillinge*, dachte sie, *genau wie es im Buch stand.* Jedes der Kinder nuckelte an einem Schnuller, der eine rosa, der andere grün.

»Darf ich vorstellen: Tika und Erik«, sagte Pernilla, während sie sich am Herd zu schaffen machte, einer großartigen Handwerksarbeit aus emailliertem Eisen, in grüner Farbe und mit Herzchen und Schnörkeln verziert. »Bitte sehr«, sagte Pernilla. »Setz dich doch.«

Bettina setzte sich an den prächtigen Tisch und versuchte zu begreifen, worauf sie da saß. War das wirklich? ... ja tatsächlich! ... ein Hocker, der aus einer Walnussschale gefertigt war? Vor lauter Schreck hatte sie es sich noch gar nicht richtig eingestanden, aber jetzt traf sie die Erkenntnis wie eine herabfallende Eichel. Wenn sie hier auf einer Walnussschale sitzen konnte, wenn sie sich auf Augenhöhe mit dem alten Wichtel befand, den sie draußen getroffen hatte, dann musste auf dem Weg herein etwas Unglaubliches – etwas *Magisches* – mit ihr geschehen sein.

Staunend im Raum umherblickend, stellte sie fest, dass auch andere bekannte Gegenstände auf kreative Art und Weise verwendet wurden. In der Ecke neben dem Kamin stapelten sich getrocknete Blätter in einem ausgedienten Vogelnest, um als Spänchen zum Anfeuern zu dienen. Zweige waren aufgeschichtet wie Holzscheite und stellten das Brennmaterial dar. In kleine Glaskugeln gezwängte Glühwürmchen erfüllten den Raum mit einem milden Licht.

Gammel und Hagen setzten sich zu Bettina. Pernilla brachte vier große Tassen mit dampfendem Cider an den Tisch. Sie nahm Platz und flüsterte den Wichtelkindern etwas zu, die daraufhin von Bettinas Seite wichen, zu einem Teppich aus grünem Moos watschelten und dort zu spielen begannen.

»Hier bitte – trink«, sagte Pernilla.

Als Bettina den karamelfarbenen Cider in ihrer Tasse betrachtete, merkte sie, dass es sich bei der Tasse um eine Haselnussschale handelte. Sie nahm einen Schluck, und die warme, herbsüße Flüssigkeit fühlte sich im Mund so angenehm an, wie sie schmeckte.

Sie sah, wie Tika und Erik zwei große Eicheln aus einem geflochtenen Graskorb holten, sie auf die Spitze stellten und wie Kreisel drehten. Mit Sicherheit stammten die Eicheln von der krummen Eiche, die Bettina auch schon so oft aufgesucht hatte. Solche Eicheln hatte sie selbst schon zu Dutzenden in den Händen gehabt, nur dass sie hier im Reich der Wichtel so groß wie Tennisbälle waren! Tika und Erik lachten, als die herumwirbelnden Eicheln langsamer wurden und auf die Seite fielen. Wie sehr würde sich Pia über diese kleinen Wichtel und ihr Spielzeug freuen! Aber Pia war nirgendwo zu entdecken.

Bettina wollte nicht unhöflich sein, aber sie war nicht gekommen, um nett beisammenzusitzen.

»Du sagtest, Pia sei nicht da«, hob sie an.

Gammel nickte zustimmend. »Das stimmt.«

»Aber du sagtest, sie sollte es eigentlich sein. Warum?«

Pernilla seufzte. Hagen räusperte sich und nahm einen großen Schluck aus seiner Haselnusstasse.

Schließlich sprach Gammel.

»Nun, Klakke hat sie heute zu uns gebracht. Weißt du, wer das ist?«

»Klakke?« Wenngleich der Name neu für Bettina war, ahnte sie doch, dass sie diesen Wichtelmann schon gesehen hatte. »Ist das der, dem ich hierher gefolgt bin?«

»Ja, genau. Klakke ist seit zwölf Jahren bei deiner Familie«, erklärte Gammel.

»Bei meiner Familie? Er wohnt bei uns?«

»In eurer Scheune. Er kümmert sich um euch und eure Tiere.«

»Zwölf Jahre«, wiederholte Bettina. »Aber dann ist er ja da, seit ...«

»Seit du geboren wurdest«, beendete Gammel ihren Satz. »Er hat sich gut benommen bei deiner Familie, dieser Klakke. Wir sind recht stolz auf ihn.«

»Oh«, sagte Bettina. Sie musste einfach fragen. »Und meine Familie? Haben wir uns auch gut benommen?«

Gammel lächelte. »Natürlich habt ihr das.«

»Aber ...«, protestierte Bettina, denn sie dachte daran, dass sie vor wenigen Tagen vergessen hatten, nett zu ihrem Wichtel zu sein. Zu ihrem Klakke.

Als wisse er genau, was sie sagen wollte, gebot Gammel ihr mit erhobenem Zeigefinger Einhalt.

»Klakke ist jung. Er hat sich nicht die Zeit genommen, die Einzelheiten über den Sturz deiner Großmutter zu erfahren. Wenn er es getan hätte, wäre er über den Reispudding nicht so unglücklich gewesen.«

»Du meinst, über den *fehlenden* Reispudding.« Bettina seufzte, wobei sie sich fragte, woher Gammel das mit Großmutters gebrochener Hüfte wusste.

Gammel nickte.

»Hat er Pia deshalb mitgenommen?«, fragte Bettina nach einem weiteren Schluck Cider.

»Nein«, sagte Gammel zögerlich. »Klakke hat deine Schwester mitgenommen, weil er neugierig war. Und auch ein bisschen dumm, sollte ich wohl hinzufügen. Aber schlussendlich hat er das Richtige getan. Er hat sie zu mir gebracht.«

»Aber sie ist doch gar nicht hier!«, hörte Bettina sich ganz verwirrt sagen.

»Nein, zu meiner allergrößten Betrübnis ist sie erneut verschwunden. Und diesmal war leider nicht Klakke der Dieb.«

Bettina konnte dem Gespräch nicht mehr recht folgen. *Pia ist hier, Pia ist doch nicht hier?* Die Dinge wurden nicht wirklich besser.

»Jemand anderes hat Pia mitgenommen? Aber wer? Weißt du das?«

Gammel nickte.

»Ja, ich glaube schon. Aber keine Sorge, mein liebes Kind.

Der alte Gammel weiß, wie er die Sache in Ordnung bringen kann.«

Bettina wollte Gammel gerade fragen, wen er denn im Verdacht hätte, da stand Hagen auf.

»Bitte entschuldigt mich«, sagte er und nahm den letzten Schluck Cider aus seinem Becher, »aber ich muss los. Jetzt, wo die Nacht angebrochen ist, muss draußen viel erledigt werden.«

Hagen setzte seine rote Mütze auf und verneigte sich vor Bettina.

»Es ist mir eine Ehre, deine Bekanntschaft gemacht zu haben, Fräulein Larsen.«

Dann gab er Pernilla einen Abschiedskuss und war verschwunden.

»Ich bin zu alt, um nach draußen zu gehen und zu arbeiten«, sagte Gammel mit einem Augenzwinkern. »Am effektivsten bin ich mittlerweile hier am Feuer.«

»Wie alt *bist* du denn jetzt?«, platzte Bettina heraus und bereute diese Unhöflichkeit sofort.

Doch Gammel zuckte nicht einmal mit der Wimper.

»392.«

Bettina riss die Augen auf. »*Jahre?*«

Gammels grauer Bart hob sich mit seinem Lächeln.

»Jahre, jawohl.«

War das denn möglich?

Sie versuchte sich zu erinnern, ob das Buch etwas über die durchschnittliche Lebenserwartung der Wichtel erwähnt hatte, aber vergeblich. Bettina sah zu Pernilla, die zustimmend nickte.

»Oh«, war alles, was sie sagte. Konnten sie den Zweifel in ihrer Stimme hören?

»Es fällt dir schwer, das zu glauben«, sagte Gammel verständnisvoll. »Für uns Wichtel ist das alt, aber euch Menschen kommt das wohl eher vor wie eine Ewigkeit.«

Tika und Erik hatten jetzt genug vom Kreiseldrehen und kamen an den Tisch gewackelt. Bettina sah, dass die Schnuller fast verschwunden waren, als hätten sie sich wie Lutscher aufgelöst. Waren es vielleicht tatsächlich Zuckerschnuller? Menschenkinder würden ihre Zähne verlieren, wenn sie den ganzen Tag Zucker schleckten – und ein Wichtel brauchte seine Zähne ja noch viel länger! Aber jeder Wichtel, der ihr bisher begegnet war, hatte ein wunderschönes Lächeln.

Pernilla war Bettinas Blick gefolgt.

»Wir machen sie selbst.« Pernilla wurde rot. »Aus Zuckerrübensirup. Wir verwenden die Rüben, die von den Bauern im Herbst liegen gelassen werden.«

Wie faszinierend!, dachte Bettina. Die Welt der Wichtel barg so viele Überraschungen, dass sie ganz sicher war, nicht einmal dann alles über sie in Erfahrung zu bringen, wenn sie hundert Jahre hier verweilte! Wobei sie keineswegs vorhatte, so lange hier zu bleiben.

Bettina konzentrierte sich wieder auf Gammel und die Frage nach ihrer Schwester.

»Hagen hat gesagt, es ist schon dunkel. Ich muss gehen.«

»Nun, das eine stimmt, das andere nicht«, meinte Gammel und nickte. »Draußen ist es dunkel. Unser Tag beginnt, während der deine sich zum Ende neigt. Aber gehen musst du keineswegs. Du bist doch sicher müde.«

»Nein«, widersprach Bettina, ohne nachzudenken. »Ich muss zu Hause den Stall versorgen. Und meine Schwester – kannst du mir sagen, wo ich sie finde?«

»Leider weiß ich das nicht ganz genau. Aber ich werde versuchen, es herauszufinden, während du schläfst.«

Schlafen? Wie konnte sie denn müde sein? Aber je länger sie darüber nachdachte, desto mehr spürte sie, dass sie tatsächlich müde war. Jeder einzelne Körperteil tat ihr weh nach einem ganzen Tag im kalten, feuchten Wald, und ihr Verstand mühte sich, mit den vorgefallenen Dingen Schritt zu halten.

Pernilla und Gammel sahen sich lächelnd an und nickten einander einvernehmlich zu. Aber es war Gammel, der sprach.

»Außerdem«, sagte er, »sind die Stallarbeiten für heute erledigt. Ich habe Klakke beauftragt, an deiner statt die Tiere zu versorgen.«

Bettina hörte wohl, was Gammel sagte, nur schien seine Stimme von ganz weit weg zu kommen. Auch die Augen offen zu halten, wurde mehr und mehr zur Herausforderung.

»Aber was ist mit Pia?«, fragte Bettina, während ihre Worte fast von einem langen Gähnen verschluckt wurden.

Erneut nickte Gammel.

»Während wir hier reden, holt Hagen die nötigen Erkundigungen ein. Gemeinsam wird es uns gelingen, sie nach Hause zu holen. Das verspreche ich dir.«

Hätte Bettina diese letzten Worte gehört und auch zur Gänze verstanden, dürfte sie wohl ein wenig Trost empfunden haben. Aber das war nicht der Fall. Bevor Gammel seinen Satz beendet hatte, war ihr Kopf auf den Tisch gesunken. Sie schlief tief und fest.

Frühstück unter der Erde

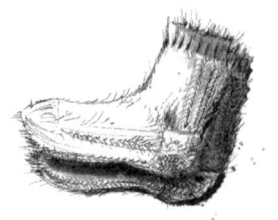

Am nächsten Morgen erwachte Bettina in einem Schrank. Zumindest war dies das passende Wort für ihr Lager.

Sie richtete sich auf und betrachtete ihre Umgebung. Sie befand sich in einem Bett, und zwar in einem ziemlich gemütlichen. Während sie sich streckte, versuchte sie, ihren Verstand und ihren Körper gleichzeitig zu wecken. Sie fühlte sich ausgeruht und ausgeglichen – das erste Mal seit ...

Die Ereignisse des Vortags – auch Pias Verschwinden – fielen ihr schlagartig ein, und hätte sie nicht in diesem kleinen Schrank gelegen, wären wohl starke Zweifel daran angebracht gewesen, dass das alles passiert war. Sie schloss die Augen und kämpfte die Angst nieder, die ihrem beim Aufwachen empfundenen Frieden Konkurrenz machte. Gammel hatte versprochen, sie und Pia wieder zusammenzubringen. Zumindest glaubte sie, etwas in der Art gehört zu haben, als sie eingeschlummert war, und Gammel schien keiner zu sein, der ein Versprechen machte, ohne es auch halten zu können.

Bettina richtete ihre Aufmerksamkeit auf ihre Umgebung. Der kleine Raum war nicht größer als das Bett, das in der Tat jeden einzelnen Quadratzentimeter des Bodens bedeckte. Es gab eine Decke und vier Wände aus honigfarbener Eiche, wobei die vierte aus zwei Türen mit Holzgriffen zu bestehen schien. Sie trug immer noch ihre Kleider vom Vortag, nur dass ihr jemand die Stiefel ausgezogen und stattdessen die wärmsten und flauschigsten Socken angezogen hatte, die ihr je untergekommen waren.

Vorsichtig streckte Bettina den Arm aus und öffnete eine der Türen. Sie beugte sich vor und linste durch den Spalt. Ein vertrautes Gefühl der Ungläubigkeit überfiel sie, als sie das geschäftige Treiben in der Wichtelküche vor sich sah.

Pernilla machte sich am grünen Emailherd zu schaffen, während Hagen das Feuer schürte. Neben zwei Bettchen, die am Kopf- und Fußende von einem handgeschnitzten *T* beziehungsweise *E* geziert waren, saßen die Kinder im Nachthemd am Fußboden. Sie spielten lachend mit ihren gestrickten Püppchen und brabbelten dabei mit ihren süßen Stimmen unverständliche Worte.

Jetzt war Bettina wieder überzeugt davon, tatsächlich Cider getrunken zu haben – in der Küche einer Wichtelbehausung, die direkt unter einer Wurzel der großen Eiche lag. Sie stieß die beiden Schranktüren auf und schwang die Beine hinaus auf den Küchenboden.

»Ah, unser Gast wacht auf!« Pernilla lächelte und wischte sich die Hände an der Schürze ab, die sie über ihrem langen, weißen Nachthemd trug. Ihr Haar war nicht mehr zu Zöpfen geflochten, sondern nur hinten mit einer Schleife zusammengefasst. Statt der grünen Mütze hatte sie jetzt eine weiße auf.

»Wie war dein Alkoven? Hast du gut darin geschlafen?« Während sie fragte, flitzte Pernilla in der Küche herum.

Alkoven klang erheblich besser als Schrank, fand Bettina. Sie sah sich um und bemerkte, dass die ganze Wand aus Türen wie den soeben von ihr geöffneten bestand. Dies waren die Schlaf-Alkoven der Wichtel, und jede einzelne Türe war mit einer geschnitzten Abbildung eines Wiesels, einer Meise oder eines anderen Waldtieres versehen.

»Ich habe sehr gut geschlafen, danke«, erwiderte Bettina. »Ein besseres Bett hatte ich noch nie im Leben!«

Pernillas rosige Bäckchen wurden noch rosiger.

»Komm und iss etwas, meine Liebe. Du brauchst deine Kräfte für den Tag, der vor dir liegt.«

Die kleine Behausung war so gemütlich, so zauberhaft, dass Bettina nichts dagegen gehabt hätte, für immer hierzubleiben. Nur dass sie natürlich Pia suchen musste. Jacke anziehen und in die Schuhe schlüpfen – und schon konnte sie aufbrechen.

Am Boden vor dem Alkoven entdeckte sie die Stiefel, auf denen fein säuberlich gefaltet ihre Socken lagen.

»Sie waren ganz nass von deinem langen Marsch durch den Wald«, erklärte Pernilla und gähnte. »Aber ich habe sie ans Feuer gehängt, und jetzt sind sie trocken.«

»Vielen Dank.«

Schon wollte Bettina die flauschigen Socken ausziehen, die sie die Nacht über angehabt hatte, da hielt Pernilla sie davon ab.

»Du kannst sie behalten, wenn du willst. Klakke hat sie extra für dich gemacht.«

»Wirklich?«

Bettina betrachtete die Socken und stellte fest, dass sie aus den feinen Härchen von Tausenden von Disteln gestrickt waren. Erstaunlich, dass sich aus den stacheligsten Pflanzen die weichsten Fasern gewinnen ließen.

»Ja. Und er möchte, dass du sie behältst.«

Bettina betrachtete ihre kleinen Füße. Sicherlich würden die Socken ihr nicht mehr passen, wenn sie wieder ihre normale Größe hatte. Denn sie *würde* doch wieder groß werden, oder?

»Komm mit.« Pernilla deutete auf den Tisch, wo ein leckeres Frühstück vorbereitet war. »Greif ruhig zu«, meinte sie.

»Ich muss die Kinder ins Bett bringen.«

Plötzlich wurde Bettina bewusst, dass sie die Einzige war, die jetzt aufstand. Alle anderen würden sich gleich hinlegen, um den Tag über zu schlafen.

Alle außer Hagen. Er setzte sich auf einen Stuhl am Tisch.

»Ich kann zu jeder Tageszeit essen«, erklärte er und tätschelte die Rundung unter seiner Jacke. »Du leistest mir doch Gesellschaft, oder? Allein essen macht keinen Spaß.«

So gerne Bettina auch aufgebrochen wäre, schenkte sie Hagen doch ein dankbares Lächeln und setzte sich an den Tisch. Ganz offenbar frühstückte er nur ihr zuliebe vor dem Schlafengehen, und abgesehen davon war sie tatsächlich hungrig.

Auf ihrem Teller lagen drei dicke Blaubeeren. Die alleine hätten als Mahlzeit ausgereicht! *Wo um alles in der Welt finden die Wichtel so große Beeren?*, fragte sie sich. Aber dann fiel es ihr ein: Nicht die Beere hatte eine überdurchschnittliche Größe – sie selbst war überdurchschnittlich klein!

Außer der Blaubeere gab es zwei Haselnüsse und einen gewaltigen Pilz. Hagens Teller sah ganz ähnlich aus, nur hatte er zwei Pilze. Neben den Tellern stand jeweils ein kleinerer Teller voll frischer Kräuter. Wie hatten die Wichtel mitten im Winter derartig saftige Stängel finden können? Denn sie waren ja mit Sicherheit nicht in die Stadt zum Supermarkt gefahren!

»Leckeres Krautzeug, stimmt's?«, fragte Hagen. »Nur wenige Menschen wissen, was für herrliche Winterkräuter sich selbst im Dezember unter dem Schnee verbergen. Es gibt Vogelmiere, Taubnessel, Wiesenkerbel – auch im tiefsten Winter. Gammel hat ja ein Gewächshaus unter dem nächsten Baum Richtung Süden, so haben wir auch das ganze Jahr über Sommerkräuter. Er pflanzt Dill und Rosmarin an ...«

Hagen redete weiter über das Gewächshaus, aber in Bettinas Ohren blieb nur ein einziges Wort hängen. *Rosmarin.*

Das Kraut, das am Tag nach Weihnachten im Ziegenfutter war. Hatte Klakke etwa Gammels Rosmarin unter das Futter gemischt? Sie hatte mittlerweile eine ganze Reihe Fragen an diesen jungen Wichtel, dessen Aufgabe eigentlich war, ihre Familie zu beschützen. Und sollte sie ihn je zu Gesicht bekommen, würde sie schon die eine oder andere Antwort aus ihm herauskitzeln.

Vor Bettina und Hagen stand jeweils eine Haselnusstasse mit heißem Tee. Sie nahm einen Schluck und stellte fest, dass es Kamille war. Hagens Beispiel folgend, halbierte sie die Blaubeere mit einem silbernen Messer und benutzte dann Messer und Gabel, um den Pilz zu zerschneiden und aufzuessen.

Dann kam das Gespräch auf Pia. Hagen redete zwischen den Bissen.

»Wir haben fast die ganze Nacht über euch geredet«, sagte er nachdenklich zu Bettina. »Und wir sind zu dem Schluss gekommen, dass es für dich das Beste ist, wenn du nach Hause gehst.«

Das war nicht, was Bettina hören wollte.

»Aber wie finde ich Pia, wenn ich daheim herumsitze?«, fragte sie, indem sie die Gabel weglegte und den Teller von sich schob. Plötzlich hatte sie überhaupt keinen Hunger mehr.

»Du musst sie gar nicht suchen«, sagte Hagen. »Das ist eine Familienangelegenheit. Gammel weiß genau, wie damit umzugehen ist.«

»Aber etwas muss ich doch tun!«, rief Bettina. »Mutter kommt bald nach Hause, nämlich in ...«

Welcher Tag war denn heute? Wie lange war sie schon in dieser kleinen Wohnung unter dem Baum? Was Bettina noch vor Kurzem sicher gewusst hatte, schien sich ganz plötzlich in ein Durcheinander aus Raureif, Blättern, Wurzeln und Cider-Punsch aufzulösen.

»Wo ist denn Gammel?«, fragte sie barsch. Da sie merkte, dass das ziemlich grob klang, mäßigte sie ihre Stimme. »Ich möchte bitte mit ihm reden.«

Pernilla hatte die Zwillinge in ihre Bettchen gelegt und kam jetzt an den Tisch zurück. Trotz ihrer schweren Augenlider hoben die Kleinen ab und zu ihre Köpfchen, um ja nicht zu versäumen, was das Menschenkind sagte oder tat.

»Sei unbesorgt, Liebes. Gammel tut alles in seiner Macht Stehende, um deine Schwester zu finden«, sagte Pernilla freundlich.

Bettina wurde rot vor Scham. Seitdem sie hier angekommen war, hatten diese netten Wesen ihr nur helfen wollen. Sie holte tief Luft und bemühte sich weiter um Antworten.

»Aber«, sagte sie zu Hagen, »ich dachte, Gammel hätte gesagt, du würdest ›die nötigen Erkundigungen‹ einholen.«

Hagen senkte den Blick. »Ich habe das bestätigt gefunden, was wir schon vermutet hatten.«

»Und das ist?«

»Kompliziert.« Das waren mitnichten die Informationen, die Bettina sich erhofft hatte. Sie drehte sich zu seiner Frau.

Pernilla seufzte. »Schau, du und deine Schwester, ihr befindet euch – dank unseres geliebten, wenngleich etwas impulsiven Klakke – inmitten eines ...«

Pernilla spielte nervös mit dem Band ihrer Schürze. Sie überlegte sorgfältig, wie sie es sagen sollte.

»... eines, sagen wir mal, Disputes. Einer langjährigen Meinungsverschiedenheit.«

Hagen musste husten. Oder sich räuspern. Was immer es auch war, jedenfalls sollte es Pernilla klarmachen, dass sie schon genug gesagt hatte.

»Überlass das doch am besten Gammel.«

Bettina hatte rund eine Million Fragen, aber Pernillas Stimme und Blick waren so sehr von Zuversicht und Teilnahme erfüllt, dass sie ganz ruhig bleiben konnte. Sie nickte. Sie würde nach Hause gehen und dort warten. Gammel würde alles in Ordnung bringen. Die Wichtel waren ja vollkommen überzeugt davon. Dann fiel ihr etwas anderes ein.

»Wie ... wie werde ich ...?«, stammelte Bettina und zeigte auf die Türe.

»Du kommst genauso hinaus, wie du hereingekommen bist«, antwortete Hagen mit einem Lächeln.

»Sobald du die Schwelle überquert hast, solltest du wieder deine normale Größe haben«, fuhr Pernilla fort und kam damit Bettinas nächster Frage zuvor.

Schnell verabschiedeten sie sich voneinander. Hagen schüttelte Bettina die Hand und wünschte ihr Glück. Pernilla umarmte sie, und für einen Moment war ihr, als läge sie in den Armen ihrer Mutter. Sie kämpfte mit den Tränen, als sie einen letzten Blick in die Kinderbettchen warf, wo Tika und Erik resigniert hatten und friedlich schliefen. Wann würde nur Pia wieder zu Hause sein und friedlich in *ihrem* Bettchen schlafen?

Tatsächlich wurde Bettina, kaum hatte sie die Klinke nach unten gedrückt, durch die Türe nach draußen gezogen, um sich gleich darauf im verschneiten Wald neben der Eiche wiederzufinden.

Nur war Bettina zu ihrer Überraschung keineswegs so groß wie sonst.

Und sie war auch nicht alleine.

Rundgang

»Hallo, Bettina.«

Es war Gammel, der da im bereiften Wald vor ihr stand, mit einer braunen Ledertasche in der linken Hand ... aber ohne die geringste Spur der kleinen Pia.

»Guten Morgen, Gammel«, erwiderte sie und versuchte, sich ihre Enttäuschung nicht anmerken zu lassen. Kurz überlegte sie, ob Wichtel den Zeitpunkt, an dem sie ins Bett gehen, tatsächlich Morgen nennen.

»Ich hoffe, du bist gut ausgeruht?«

Bettina nickte.

»Und hat Hagen dir das Vorgehen erklärt, soweit bisher besprochen?«

Erneut nickte sie. »Er sagte, ich solle heimgehen und warten. Scheinbar hat bisher niemand das Glück gehabt, meine Schwester zu finden.«

»Aber ganz im Gegenteil, meine Liebe«, erwiderte der alte Wichtel mit einem Zwinkern seiner runden gütigen Augen. »Ein Wichtel ohne Glück wäre doch eine gar zu furchtbare Sache.«

»Hast du denn etwas herausgefunden?«, fragte Bettina atemlos.

»Ich weiß, dass sie nicht allzu weit weg ist. Aber ich muss noch mehr erfahren, bevor wir den nächsten Zug machen können.«

»Wie lange, denkst du, wird das dauern?«, fragte Bettina.

»Nur Geduld, meine Liebe. Ich weiß, dass ihr Menschen es gewohnt seid, alles in Lichtgeschwindigkeit zu erledigen, aber jetzt bist du eben in unserer Welt, und hier gehen wir das Leben ein bisscher geruhsamer an.«

Gammel hatte recht, das wusste sie, aber dadurch wurde ihr das Warten auch nicht leichter. Und warum war sie immer noch klein? Pernilla hatte gesagt, dass sie beim Überschreiten der Türschwelle wieder ihre normale Größe erreichen würde. Bettina wollte Gammel gerade danach fragen, als er eine Einladung aussprach – und zwar eine, für deren Befolgung sie ihre Wichtelgröße beibehalten musste.

»Für uns Wichtel ist es jetzt fast schon Schlafenszeit. Aber zuerst muss ich meinen Rundgang machen. Willst du mich begleiten?«

Bettina dachte kurz nach. Wenngleich sie keine Ahnung hatte, was genau Gammel mit »Rundgang« meinte, bot sich hier doch vielleicht die Möglichkeit, unbekannte Teile des Waldes kennenzulernen, Teile, in die sie sich alleine nicht begeben würde. Dabei könnte sie nach irgendwelchen Hinweisen auf Pia Ausschau halten. Und gleichzeitig schien alles besser zu sein, als Hagens Vorschlag zu folgen und heimzugehen, nur um dort alleine und hilflos zu warten. Also nahm Bettina Gammels Angebot an.

»Folge mir«, sagte er daraufhin und marschierte mit kleinen, energischen Schritten los.

Nach einem kurzen Stück Weg hielt Gammel an. Vor ihnen befand sich ein Loch im Boden, das so klein war, dass man es unter normalen Umständen gar nicht bemerkt hätte. Angesichts ihrer jetzigen Größe kam es Bettina aber fast schon wie ein Krater vor.

»Spring!«, rief Gammel und stürzte sich in die Tiefe.

War er denn vollkommen verrückt geworden, dieser alte Wichtelmann? Verrückt oder nicht, jedenfalls verschwand er einfach in dem Loch. Bettina hatte keineswegs die Absicht, ihm blindlings hinunter in die Dunkelheit zu folgen. Zumindest bis zwei riesige Eichhörnchen hinter dem Stamm eines nahe stehenden Baumes auftauchten, sich gegenseitig in einer spiralförmigen Abwärtsbewegung verfolgten – und geradewegs auf Bettina zujagten. Sosehr sie sich auch einreden wollte, dass sie doch gar nicht so riesig waren und sich wohl kaum für sie interessieren würden, begann ihr Herz trotzdem wie wild zu schlagen.

Als die Eichhörnchen so nahe waren, dass sie ihre Zähne erkennen konnte, schloss Bettina die Augen, hielt sich mit zwei Fingern die Nase zu und sprang in das Loch. (Warum sie sich die Nase zuhielt, wusste sie nicht recht – aber sie fand, das sei notwendig, wenn man mit den Füßen voran irgendwo hineinsprang.)

Hinunter, hinunter, hinunter. *Rumms*, landete Bettina schließlich am Boden eines dunklen Tunnels und fragte sich sofort, ob sie vielleicht einen furchtbaren Fehler gemacht hatte. Sie konnte rein gar nichts sehen! Aber nach ein paar Sekunden gewöhnte sie sich an die Dunkelheit und erkannte diverse Umrisse. Einer davon, mit rundem Bauch und spitzer Mütze, war höchstwahrscheinlich Gammel, aber der andere? Sie beugte sich nach vorne und stand Nasenspitze an Nasenspitze einem Maulwurf gegenüber.

»Schön, dass du da bist«, sagte Gammel. »Ich sehe gerade nach meinem Freund hier.«

Er drehte sich zu dem recht sympathisch wirkenden Maulwurf, dessen rechter Vorderfuß mit weißem Tuch umwickelt war.

Gammel öffnete die Ledertasche und wühlte darin herum, bis er eine kleine Dose zum Vorschein brachte.

»Wie geht's denn der Schaufel?«

Daraufhin hörte Bettina nichts, aber Gammel reagierte, als hätte er die Antwort des Maulwurfs verstanden.

»Ah, ich verstehe. Am besten lassen wir den Verband noch ein paar Tage drauf. Hier habe ich etwas zum Essen für dich.«

Gammel holte einen fetten Regenwurm aus der Dose.

»Ich komme morgen wieder«, versprach Gammel, schwieg dann kurz und fügte an: »Danke. Die Grüße richte ich meiner Familie gerne aus.«

Wieder zurück an der Erdoberfläche, erklärte Gammel, was los war. »Er hat sich geschnitten, als er zu nahe an einer alten Müllhalde gegraben hat. Vermutlich hat er eine Glasscherbe oder eine Blechbüchse erwischt. Er arbeitet in der Aushubbranche. Tunnelbohrung, verstehst du? Die Maulwürfe rufen wir immer als Erste, wenn wir ein neues Haus unter der Erde bauen.«

Bettina konnte nur nicken, denn vor lauter Begeisterung und Staunen blieb ihr glatt die Spucke weg.

Auch bei den nächsten Stationen ging es darum, den Waldfreunden des Wichtels zu helfen. Für den Besuch bei einer Kaninchenmutter war ein weiterer Sprung in die Dunkelheit nötig, wobei dieser zu einer weicheren Landung führte – nämlich auf Kaninchenfell. Gammel brachte der säugenden Mutter Winterkräuter in ihren Bau, da sie ihren Wurf nicht alleine lassen wollte und so nicht selbst nach Futter suchen konnte. »Anfängerin«, flüsterte Gammel Bettina zu, als sie wieder gingen. »In einem Monat, bei ihrem zweiten Wurf, wird sie etwas entspannter sein.«

Am Eingang eines hohlen Baumes bat Gammel Bettina, ihm beim Leeren seiner Tasche voller Eicheln, Haselnüsse und Kastanien zu helfen. Sie griff hinein und reichte ihm eine Schalenfrucht nach der anderen, und er stapelte sie sorgfältig in der Höhlung auf, bis nichts mehr hineinpasste.

»Die verrückten Eichhörnchen«, sagte er kichernd. »Sie sammeln Nüsse für den langen Winter, aber dann vergessen sie, wo sie ihre Vorräte versteckt haben. Hin und wieder helfe ich ihnen aus.«

Gammel machte seine Tasche zu und hängte sie sich über die Schulter.

»Und wohin jetzt?«, fragte Bettina voller Begeisterung über diesen Ausflug. Ihr ganzes Leben war sie in unmittelbarer Nähe des Waldes gewesen, aber was sie in der vergangenen Stunde über seine Bewohner gelernt hatte, war mehr, als sie sich je hätte vorstellen können.

Gammels frostbehängter grauer Bart zerteilte sich in ein langes, leises Gähnen. Mit jeder Minute drang mehr Licht durch die Baumwipfel, was Bettina daran erinnerte, dass für Gammel ein langer Tag zu Ende ging. Er würde jetzt nach Hause gehen und sich in seinen Alkoven legen.

»Heim, und zwar beide«, erwiderte Gammel. »Ich zu mir, du zu dir.«

Bei der Vorstellung, ohne Pia heimzukommen, wurde Bettina das Herz schwer.

»Aber was soll ich dort machen?«

»Einfach warten. Du musst mir vertrauen, Bettina Larsen. Vertraust du mir?«

Bettina nickte. Sie wollte ihm sagen, dass sie ihm – genau wie Pernilla, Hagen und sogar Klakke – mittlerweile mehr vertraute als so gut wie jedem anderen. Aber der Frosch im Hals hielt sie davon ab, sich auf ihre Stimme zu verlassen. Sie war sich sicher, dass sie beim Versuch zu sprechen in Tränen ausbrechen würde.

Stattdessen nickte sie also. Zumindest hatte Gammel ihr kein Versprechen abverlangt. Er glaubte ja, sie würde wirklich nach Hause gehen und warten. Aber wie konnte sie das tun? Sie würde heimgehen, die Tiere füttern, etwas zum Essen einpacken und dann wieder losziehen, um Pia zu suchen. Als sie sich trennten, nagte ein Schuldgefühl an Bettinas Bauch, aber selbst ein schlechtes Gewissen konnte sie nicht davon abhalten, ihre Schwester zu suchen.

Gammel sah zu, wie das Menschenmädchen durch den Wald davonstapfte. Sobald sie außer Sichtweite war, würde sie wieder ihre normale Größe haben.
Es stimmte tatsächlich, dass er Bettina nicht das Versprechen abgenommen hatte, zu Hause zu bleiben und zu warten. Wie konnte er auch? Ein Wichtel würde schließlich niemandem ein Versprechen abverlangen, wenn er genau wusste, dass der andere es nicht würde halten können.

Gewissensbisse

Seit die kleine Pia von der Stelle unter der Eiche verschwunden war, hatte Klakke sich wirklich tadellos verhalten. Er wusste, dass alles seine Schuld war. Er wusste außerdem, dass er Pia zwar aus unbändiger Neugier mitgenommen haben mochte, dass derjenige, der sie dann *ihm* weggenommen hatte, vermutlich aber anderen Überlegungen folgte. Er hieß Ulf, und über sein Wesen wussten alle Wichtel gründlich Bescheid. Dass Pia sich vermutlich in Ulfs Gewalt befand, erfüllte Klakke mit allergrößter Sorge.

So jung und töricht Klakke auch war, wusste er doch genau, dass er sich in Pias Rettung besser nicht einmischen sollte. Gammel musste die Sache regeln, und er selbst tat am Besten nichts anderes, als sich um den Larsen-Hof zu kümmern. Dafür war er ja schließlich auch zuständig. Er, und niemand sonst. Aus dem Grund war er ja überhaupt erst nach Lolland gekommen. Klakke hatte sich an dem Abend also zum Larsen-Hof zurückbegeben, gerade rechtzeitig zur Fütterung der Tiere. Die Pferde waren ungewohnt schreckhaft, deshalb sang er sämtliche Strophen von »*Jeg bœrer med smil min byrde*« – »Ich trage meine Last mit einem Lächeln« –, während er seiner Arbeit nachging. Das schien Hans und Henrietta zu beruhigen, und sogar die Ziegen ließen ihr hektisches Geschubse und Gelärme sein und hörten einfach zu.

Als Klakke die Katzen fütterte, wich ihm die getigerte Mutter zweimal aus, bevor sie dann doch neben ihn kam und ihm erlaubte, ihr mit seinen kleinen Händchen den Rücken zu streicheln. Als er sich dabei jedoch ihrem Schwanz näherte, drehte sie sich weg. Einfach zur Sicherheit.

Aber Klakke war nicht gekommen, um jemanden zu ärgern. Er fütterte die Tiere und schleppte in Eimern, die viel größer waren als er selbst, frisches Wasser heran. Ohne allzu große Mühe hob er die Eimer hoch und setzte sie auf seinen Kopf. Schwierig war dann nur, das Gleichgewicht zu halten.

Mit jeder erledigten Aufgabe ließ Klakkes schlechtes Gewissen ein bisschen nach. Hart zu arbeiten, hatte ihm schon immer geholfen.

»Da seid ihr ja, meine Süßen«, sagte er zu den Pferden, als er an ihrer Box hochgeklettert war. Er stand auf dem hölzernen Gatter, genau auf Augenhöhe mit Hans und Henrietta. Die Pferde waren es gewohnt, dass er da war, und kauten laut knirschend weiter ihre Körner, während er redete.

»Sieht ganz so aus, als hätte ich hier bei den Larsens für ein wenig Unruhe gesorgt«, gab er zu. »Aber seid unbesorgt,

Freunde. Denn der gute alte Gammel bringt alles wieder in Ordnung. Und zwar schnell. Noch bevor der Chef und die Chefin nach Hause kommen.«

Hans und Henrietta warfen die Köpfe zurück, als wollten sie zeigen, dass sie verstanden hatten. Das genügte Klakke. Geschickt sprang er vom Gatter auf den Boden der Scheune.

Als er sämtliche Arbeiten erledigt hatte, war die Sonne so langsam bereit, sich über die kahlen Zuckerrübenfelder zu erheben. Klakke wusste, dass er sich spätestens dann eigentlich verkriechen sollte. Normalerweise wäre er die Leiter zum Heuboden hochgeklettert, um in seinem Versteck gemütlich den Tag zu verschlafen. Heute war ihm jedoch, als hätte er für die Larsens noch mehr Verantwortung als sonst. Speziell für die kleine Bettina.

Klakke zwängte sich durch das nur einen Spaltbreit geöffnete Scheunentor und huschte in die Holzkammer. Dort zündete er erneut das Feuer an, das ausgegangen war, schließlich sollte Bettina beim Heimkommen kein kaltes Haus vorfinden. Es würde schlimm genug sein, malte er sich aus, in ein Haus zu kommen, das leer und vollkommen still war. Mit dem lodernden Feuer im Ofen würde es aber sicherlich lange vor ihrer Heimkehr warm sein. Er war davon überzeugt, dass Gammel sie nach Hause geschickt hatte und sonst nirgendwohin. Das Morgenlicht hatte den Horizont noch nicht erhellt, deshalb schlich Klakke in die Küche und machte die Lampe über der Spüle an. Als das schwach-gelbe Leuchten den Raum erfüllte, musste er lächeln.

Zurück in der Scheune, kuschelte Klakke sich in das warme goldene Stroh auf dem Heuboden. Er war müde, und schnell kam der Schlaf. Aber er blieb nicht lange.

Klakke wurde durch das heisere Gebell von Felix geweckt. *Wau-wau-wau.* Dann ein Moment Ruhe. Dann wieder *Wau-wau-wau.* Da draußen war jemand.

Klakke rannte ans Ende des Heubodens und öffnete das Fenster einen winzigen Spalt. Unten im Hof rannte Felix im Kreis herum und wedelte ganz aufgeregt mit dem Schwanz. Klakke sah zur Straße und entdeckte dort die Nachbarn, die auf das Haus der Larsens zukamen. Er hielt die Luft an und schloss das Fenster. Er war sicher, dass Bettina mittlerweile heimgekehrt war. Helfen konnte er ihr da nicht. Mit dieser Situation musste die junge Dame alleine fertig werden.

Besucher

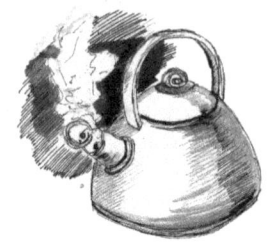

Bettina ging davon aus, das Haus kalt und dunkel vorzufinden, doch als sie bei Tagesanbruch aus dem Wald trat, bemerkte sie drei Dinge: Im Küchenfenster brannte Licht, aus dem Schornstein der Holzkammer stieg Rauch auf, und um sie herum war alles in der gewohnten Größe. Nachdem sie Gammel verlassen hatte, war sie nach und nach gewachsen.

Nicht mehr klein zu sein, brachte definitiv ein Gefühl der Erleichterung. Aber die ersten beiden Beobachtungen beunruhigten sie. Durch das Licht im Fenster und den rauchenden Schornstein sah es doch ganz danach aus, als sei jemand zu Hause.

Mutter oder Vater waren sicher nicht vorzeitig heimgekehrt. Oder etwa doch? Hatte ihr Zeitgefühl sich verändert, während sie so klein wie ein Wichtel war? Sie lief los in Richtung der Türe.

In der Holzkammer sah sie, dass erst vor Kurzem jemand das Feuer geschürt hatte. Die Brennkammer war gefüllt, und in der angrenzenden Küche herrschte mollige Wärme.

Bettina zog die Jacke und die schneebedeckten Stiefel aus und musste daran denken, wie klein sie gewesen waren, als sie ihre Wichtelgröße hatte. Zu ihrem Erstaunen waren die weißen Socken aus Distelhaar mit ihr gewachsen und schmiegten sich nach wie vor wärmend an ihre Füße. Aber ungeachtet dieser Beweisstücke verschwammen Bettinas Erinnerungen an die Nacht unter dem Baum. Alles kam ihr jetzt gar nicht real vor, sondern mehr wie ein Traum.

»Hallo?«, rief Bettina, als sie das Haus betrat. Sie machte das Licht über der Spüle aus. Draußen war es jetzt hell genug, obwohl dieser weitere Raureif-Tag genauso kalt und bewölkt wie der gestrige zu werden versprach. Auch dadurch, dass die Tage sich so sehr glichen, hatte sie den Überblick verloren, welcher denn heute tatsächlich war.

»Ist jemand zu Hause?«, fragte sie mit klopfendem Herzen. Aus reiner Vorsicht fügte sie hinzu: »Ich bin zurück von meinem Waldspaziergang!«

Niemand antwortete, deshalb wusste Bettina, dass sie alleine war. Auf der Küchenuhr war es 7.47 Uhr, aber sie rannte ins Wohnzimmer, um auf der über dem Kamin nachzusehen. Als diese Uhr dieselbe Zeit anzeigte, seufzte Bettina. Wie schön, wieder an einem Ort zu sein, an dem die Zeit gemessen wurde und auch etwas bedeutete. Sie setzte den Wasserkessel auf den Herd, um sich einen Tee zu machen, und ließ sich dann am Küchentisch nieder, um ihre Gedanken zu sortieren und einen Plan zu entwerfen.

Draußen gab Felix ein lautes Bellen von sich. Und gleich darauf noch eines. Sie rannte zum Fenster über der Spüle und schob den Vorhang beiseite. Oh, nein!

Rasmus und Lisa Pedersen kamen die Straße entlang auf das Haus zu.

Bettina raste aus der Küche. Sie nahm immer zwei Stufen auf einmal und zog sich in Windeseile um. Am Fuß der Treppe konnte sie ihre schmutzigen Sachen gerade noch in die Waschküche schleudern, als sie das vertraute *Klingeling* der Glocke in der Holzkammer hörte.

Herr und Frau Pedersen standen schon in der Holzkammer, als Bettina die Tür öffnete. Das Lächeln der beiden überdeckte eine lange, sorgenvolle Nacht.

»Guten Morgen, Bettina!«, grüßte Frau Pedersen und nahm sie in die Arme.

»Hallo«, sagte Bettina fröhlich. Sie blieb in der Türe stehen, ohne die Pedersens hereinzubitten. Wenn ihre Mutter das gesehen hätte, wäre sie über diese Unhöflichkeit entsetzt gewesen, aber Bettina konnte einfach nicht riskieren, dass die Nachbarn herumschnüffelten und nach Pia fragten.

»Lisa und ich wollten bloß mal nach euch sehen«, sagte Herr Pedersen. »Nur um sicherzugehen, dass ihr ohne Eltern klarkommt.«

»Oh, danke. Ja, es geht uns gut. Alles in bester Ordnung!« Bettina gab sich die größte Mühe, auch wirklich überzeugend zu klingen.

»Na, da bin ich aber froh.« Herr Pedersen seufzte. »Wir, ähm, wir waren nämlich gestern schon da. Bloß haben wir da niemanden gesehen.«

Bettina holte tief Luft. Sie log eigentlich nur ungern, aber es gab einfach keine andere Möglichkeit.

»Gestern? Ach, da waren wir den ganzen Tag Schlitten fahren. Der Raureif ist ja derart schön, da mussten wir einfach raus und ihn genießen«, erklärte sie.

»Na, das finde ich auch! Ich war gestern auch lange draußen. Bin durch den Wald marschiert, das war wirklich atemberaubend«, sagte Herr Pedersen.

Er erwähnte allerdings nicht, dass er ihren Namen gerufen hatte, als sie gerade Gammels Wohnung betrat. Bettina seufzte erleichtert. Vielleicht war das ja ihre letzte Lüge.

Frau Pedersen war eine kleine Frau, jünger als Mutter und bislang noch ohne eigene Kinder. Aber sie war ganz vernarrt in die kleine Pia. Frau Pedersen versuchte, an Bettina vorbeizusehen.

»Wo ist das Baby?«, fragte sie.

»Pia?« Bettina gab sich Mühe, nicht zu stottern. »Pia schläft gerade.«

Frau Pedersen runzelte die Stirn. »Sie schläft noch? Es ist fast acht. Bist du sicher, dass mit ihr alles in Ordnung ist, Bettina?«

»Oh nein«, erklärte Bettina. »Ich meine, ja, es ist alles in Ordnung. Nein deshalb, weil sie keineswegs *noch* schläft. Sie macht einfach ein Nickerchen. Wieder. Das kleine Ding war schon um fünf Uhr wach, mit strahlenden Augen und zum Spielen bereit. Wir sind also früh aufgestanden, haben gefrühstückt und die Tiere versorgt, und jetzt ruht sie sich ein wenig aus. Sie schläft friedlich in ihrem ...«

Bettina brach mitten im Satz ab. Ihr fiel ein, dass der Kinderwagen, in dem Pia normalerweise ihr Mittagsschläfchen machte, direkt hinter ihr stand, nämlich neben der Tür zum Hof. Dort hatte sie ihn abgestellt, nachdem sie hatte feststellen müssen, dass er leer war.

»... Bett«, ergänzte sie dann schnell.

»Ach, das ist aber schade.« Lisa Pedersen seufzte. »Ich habe gehofft, sie ein bisschen halten zu können. Kann sie schon laufen?«

»Fast.« Bettina lächelte, ganz die stolze Schwester. »Ich wollte es ihr eigentlich beibringen, bevor Großmutter kommt, aber ...«

Jetzt war es Bettina, die seufzen musste. *Aber ich kann es ihr nicht beibringen, wenn ich nicht weiß, wo sie ist*, dachte sie.

»... aber sie hat da ihren eigenen Kopf, das können Sie mir glauben«, sagte sie stattdessen. »Sie wird eben gehen, wenn sie so weit ist!«

Die Pedersens lachten gemeinsam mit Bettina über Pias Eigensinn.

Dann herrschte für einen Moment unangenehmes Schweigen. Und zwar für einen langen Moment, in dem Bettina nicht wusste, was sie sagen sollte, und die Pedersens sich sträubten, ihre Stippvisite zu beenden.

Plötzlich fing der Teekessel an zu pfeifen. Zuerst ganz tief, dann aber rasch laut und grell. Bettina atmete laut hörbar aus.

»Das ist mein Wasser für den Tee«, bemerkte sie nüchtern.

Bettina und ihre Nachbarn wussten sehr wohl, dass Mutter jetzt eine Einladung zum Tee ausgesprochen hätte.

Wieder ein unangenehmes Schweigen. Zu hören war nur der Teekessel, dessen Ruf mit jeder Sekunde eindringlicher wurde.

»Na, dann wollen wir mal wieder gehen«, sagte Herr Pedersen. »Schau du nach deinem Kessel – pass aber ja auf.«

»Ja, mein Kind, pass bitte auf. Und wenn du irgendetwas brauchst, weißt du ja, wo du uns findest«, fügte Frau Pedersen hinzu und redete noch, als sie im Rückwärtsgehen die Holzkammer durchquerte und in den Hof hinaustrat. »Jederzeit.«

Bettina versicherte den Nachbarn, dass sie im Notfall sofort anrufen würde, schloss die Türe und nahm den pfeifenden Kessel vom Herd. Hätte sie vielleicht sagen sollen, dass das Geräusch Pia wecken könnte? Daran hatte sie gar nicht gedacht. Die Pedersens aber offenbar auch nicht, oder doch?

Sie machte sich eine Tasse Tee mit Honig und beobachtete durch das Küchenfenster, wie Herr und Frau Pedersen wieder zu ihrem Hof hinübergingen. Sie nahm einen kleinen Schluck von dem Tee. Er war noch viel zu heiß zum Trinken.

Sosehr Bettina auch gehofft hatte, die Pedersens würden wieder gehen, so sehr wünschte sie sich die beiden auch irgendwie zurück.

Die geräuschlose Küche, ja, das ganz Haus fühlte sich leer an. So leer wie der Kinderwagen, der vor ihr stand – als schmerzhafte Erinnerung an alles, was in so kurzer Zeit schiefgelaufen war.

Gammel hatte zwar versprochen, Pia zu finden, aber was, wenn es ihm nicht gelang?

Bettina versuchte sich vorzustellen, was passieren würde, wenn Mutter und Vater heimkamen und Pia nicht da war. Sie machte die Augen zu und sah Mamas schockierte Miene und Papas Enttäuschung vor sich. Tränen brannten hinter ihren geschlossenen Augenlidern.

Bettina machte die Augen auf und sah hinaus auf den Hof. Der Raureif war immer noch da, ganz ruhig und still. Kein einziger überfrorener Grashalm hatte sich bewegt. Wie eine Glasfläche war manchmal auch das Meer, dachte Bettina. Sie erinnerte sich an die Sommerferien und daran, wie die ganze Familie den Fjord entlang zum Meer spaziert war, um den Wind zu riechen und im warmen Sand zu liegen.

Die Larsens würden definitiv wieder ans Meer gehen, schwor sie sich. Pia würde im Sand spielen und im kalten Wasser mit Bettina herumplantschen, während Mama, Papa und vielleicht auch Großmutter auf ihren Badetüchern in der Sonne lagen und ihnen zusahen.

Draußen war etwas, das Bettinas Gedanken vom Meer zurückkehren ließ. Aber was? Sie suchte den Garten ab, doch
alles war vollkommen ruhig. Sie drehte sich schon vom
Fenster weg, da sah sie es aus dem Augenwinkel – ein kurz
aufblitzendes Fleckchen Rot.

In Aktion

Nur wenige Minuten vorher war Klakke auf dem Heuboden herumgegangen und auch mehrmals die Leiter hinunter- und wieder hinaufgeklettert. Was sagten die Pedersens denn nur zu Bettina? Oder – vielleicht schlimmer – was sagte *sie* zu *ihnen*? Als Klakke schließlich hörte, wie Felix erneut bellte, schaute er vorsichtig aus dem Heubodenfenster. Rasmus und Lisa Pedersen gingen weg! Sie winkten und lächelten, während sie sich vom Haus entfernten, nur dass ihr Lächeln nicht lange anhielt. Sie schienen in ein ernstes Gespräch vertieft, während sie die Einfahrt entlang zur Straße gingen.

Offenbar hatte Bettina eine Katastrophe verhindert. Klakke war stolz auf sie. Je mehr er über Bettina Larsen erfuhr, desto mehr gefiel ihm das Mädchen. Sie erinnerte ihn ein bisschen an seine Zwillingsschwester Klara. Zuversichtlich. Verlässlich. Und ohne Angst vor Abenteuern. Seit seinem Weggang aus Falster hatte er Klara nur wenige Male pro Jahr gesehen, und er vermisste ihr entzückendes Kichern.

Klakke wusste, dass er jetzt nicht wieder einschlafen konnte. Aber er fragte sich, ob er überhaupt wieder einschlafen *sollte*. Der Besuch der Pedersens hatte ihm gezeigt, wie schwierig Bettinas Situation war. Wie konnte Gammel erwarten, dass sie tatenlos herumsaßen, während er versuchte, die Dinge in Ordnung zu bringen? Wäre es nicht besser, wenn *zwei* Wichtel nach Pia suchten? Außerdem war es ja Klakke gewesen, der dieses Durcheinander angerichtet hatte. Eigentlich war er doch der, der es auch wieder beenden musste. So wie jeder erwachsene, zuverlässige Wichtel das tun würde. Klakke war sich sicher, selbst in Aktion treten zu müssen, und zwar je früher, desto besser. Den zugewiesenen Posten zu verlassen, war eine ernste Angelegenheit, und Klakke nahm das nicht auf die leichte Schulter. Er wusste, dass er damit gefährliches Gelände betrat, deshalb war es wohl am besten, wenn er eine Nachricht hinterließ. Wenn das Schlimmste passieren und er nie wieder zurückkehren würde, kämen vielleicht Gammel oder Hagen vorbei und wüssten dann zumindest, was mit ihm passiert war.

»Ich bin zu Ulf, um das gestohlene Kind zu holen. Wenn mir etwas zustößt, muss sich bitte jemand anderes um die Familie Larsen und ihre Tiere kümmern«, kritzelte er auf ein kleines Blatt Papier und legte es ganz oben ins Stroh, wo nur Wichtelaugen nachsehen würden.

Klakke wusste, dass er am besten den Weg nehmen sollte, der von der Rückseite der Scheune direkt zum Waldrand führte. Es war heller Tag, und um nicht entdeckt zu werden, war der kürzeste Weg absolut sinnvoll. Aber er konnte sich nicht beherrschen. Also nahm er den Gartenweg am Haus entlang. Den Weg war er schon an dem Tag gegangen, an dem er Pia aus dem Wagen gehoben hatte. Heute nahm er ihn wegen des großen Küchenfensters.

Klakke bewegte sich rasch durch den Garten der Larsens. Als er den Waldrand erreichte, drehte er sich um und blieb ganz ruhig stehen. Tatsächlich, da war sie. Bettina stand mit einer Tasse Tee am Fenster, und er war sich sicher, dass sie ihn sah. Bevor er im Wald verschwand, schenkte er Bettina ein Lächeln und den Anblick seiner roten Mütze. Nur um ihr mitzuteilen, dass alles gut werden würde.

Aufgeschnappt

Klakke verlor keine Zeit, als er durch den Wald stürmte. Bei Tageslicht draußen zu sein, war ja ein Regelverstoß. Aber eine leise Stimme in seinem Kopf sagte ihm, dass er nur eine einzige Chance hatte, seinen Fehler wiedergutzumachen – und die war genau jetzt. Er wusste, dass manche glaubten, er sei viel zu jung, um die Verantwortung für einen Hof zu übernehmen. Und er kannte sogar einen Wichtel, der seit zwölf Jahren darauf wartete, dass Klakke einen Fehler machte. Es blieb ihm gar nichts anderes übrig, als die kleine Pia wieder nach Hause zu bringen.

Während er lief, dachte er über das nach, was er soeben getan hatte. Nur selten weist ein Wichtel einen Menschen so deutlich auf seine Existenz hin, speziell in dessen eigenem Lebensbereich. Vielleicht ist genau das auch der Grund dafür, dass die meisten Menschen nicht an die Wichtel glauben – sie wollen nicht an etwas glauben, das sie nicht mit ihren eigenen Augen gesehen haben. Nur Farfar Larsen hatte keine Sekunde daran gezweifelt, dass die Familie sich Hof, Felder und Wälder mit dem Wichtelvölkchen teilte. Klakke hatte gehört, wie Farfar in der Scheune zu ihm sprach, wenngleich er natürlich nicht so unvorsichtig gewesen war, sein Versteck im Stroh zu verlassen.

Klakke flitzte weiter, während seine Gedanken ebenso schnell rasten wie seine gestiefelten Füßchen. Wie ähnlich die kleine Bettina ihrem Großvater doch war. Bereit, nach der Geisterwelt Ausschau zu halten. Klakke wünschte, es gäbe auf der Welt mehr Leute wie Bettina und ihren Großvater.

Klakke duckte sich unter einen kleinen Ast und wich gleich darauf einem Mäusenest auf der anderen Seite aus. Er winkte der erschrockenen Mäusemutter zu und rannte weiter. Vor ihm tauchte eine Lichtung auf, die er noch nie bei Tag überquert hatte. Er ließ den Blick schweifen, um sicherzugehen, dass er auch wirklich alleine war – und diese verflixten Pedersens nicht zufällig einen kleinen Waldspaziergang machten –, dann lief er los.

Mit beachtlicher Geschwindigkeit schoss er dahin und bewegte die Stiefel rhythmisch über den grasbewachsenen Boden – bis er bemerkte, dass sein rechter Fuß die Erde nicht mehr berührte. Er sah nach unten. Auch sein linker Fuß verfehlte das Gras um ein paar Zentimeter. Dann wieder sein rechter Fuß. Dann wieder sein linker. Und mit jedem Schritt bewegten sich seine Beine weiter vom Erdboden weg! Nervös sah Klakke über die Schulter nach hinten. Da waren graue und weiße Federn und ein langer, scharfer Schnabel, der seinen braunen Mantel gepackt hatte.

»Gammel!«, rief er, während die Lichtung unter ihm zu einem kleinen Fleck im Wald schrumpfte. Bald waren auch die Bäume – und sogar die große Eiche – ganz klein geworden.

»GAM-MEL!«, rief der Wichtel erneut. Aber vergeblich. Er befand sich hoch über dem Wald und wurde im Schnabel einer Möwe weit, weit weggetragen.

Zeuge

Bettina stapfte durch den verschneiten Wald. Seit einer halben Stunde folgte sie Klakke schon, ohne allerdings zu wissen, wohin es ging. Aber sie hoffte inständig, dass es ihr vielleicht Hinweise in Bezug auf Pia liefern könnte.

Bettina hatte rasch ein paar warme Sachen übergeworfen und die Füße in die Stiefel gesteckt, deshalb konnte sie bereits wenige Momente nach Klakkes Auftauchen am Waldrand durch die Hintertür schlüpfen und ihm nacheilen. Der Gedanke an Gammel brachte jetzt kaum Schuldgefühle mit sich, denn es gab einen Grund dafür, dass sie im Wald war und nicht daheim herumsaß. Sie redete sich ein, dass sie ja schließlich nach Klakke suchte und nicht nach Pia. Wobei eines doch nicht zu leugnen war: Nach Klakke zu suchen, bedeutete gleichzeitig auch, nach Pia zu suchen.

Während sie weiter in die Richtung ging, in die Klakke davongestürmt war, stieg sie über einen Ast und entdeckte auf der anderen Seite ein Mäusenest. Noch vor wenigen Tagen wäre sie wahrscheinlich weitergegangen, ohne es überhaupt zu sehen. Aber seit dem Rundgang mit Gammel achtete sie viel aufmerksamer auf das, was im Wald um sie herum vor sich ging.

Als sie die Lichtung mit dem welken Wintergras erreichte, blieb sie stehen und seufzte. In diesem hohen Gras würde sie Klakke unmöglich entdecken können, so er denn überhaupt hier war. Und was jetzt? Sie fühlte sich besiegt und kam sich recht dumm vor, Klakke überhaupt gefolgt zu sein. Sie machte kehrt und wollte schon heimgehen.

Da plötzlich hörte sie etwas Seltsames. »*Ammm-ällll!*«

Gleich darauf ertönte das Geräusch wieder, allerdings schwächer, und es schien sich mit jeder Sekunde weiter wegzubewegen.

Bettina schaute hinauf zum Himmel. Graue Winterwolken bedeckten die Sonne, und ein einsamer Vogel flog direkt über ihr. *Nur ein Vogel,* dachte sie. Ein Vogel, der eine Maus oder so etwas Ähnliches im Schnabel hatte. Bettina kniff die Augen zusammen. Seit wann trugen Mäuse rote Mützen?

»Klakke!«, rief sie. Aber noch bevor sie den Namen gerufen hatte, verschwanden der Vogel und seine Beute hinter den Bäumen. Klakke war nicht mehr zu sehen.

Ausgesandt

Bettina hätte sich nicht träumen lassen, derartig schnell wieder an der großen Eiche zu sein, aber da stand sie nun und hatte keine Ahnung, wie sie die Wichtel im Inneren auf sich aufmerksam machen konnte. Sollte sie unter die Wurzel greifen und klopfen? Oder sollte sie einfach die Türe öffnen?

Während sie noch an Klakke dachte und daran, wie er hilflos im Schnabel einer Möwe gehangen hatte, legte Bettina sich auf den Bauch und griff nach der Türklinke. Sie schloss die Augen, hielt die Luft an und drückte sie nach unten. Ein wohlbekannter Sog erfasste ihre Hand, ihren Arm, und *wuuusch!* befand sie sich in der Küche der kleinen Behausung unter der Eiche. Sie war tatsächlich wieder geschrumpft.

Bettina hatte eigentlich erwartet, die gesamte Familie anzutreffen, aber die Küche war leer, und in der Wohnung war es vollkommen still. Das schwache Glimmen der Asche im offenen Kamin war das einzige Licht im Raum. Von den Glühwürmchen war keine Spur, ihre Glaskugeln lagen leer da. Es sah ganz danach aus, als sei niemand zu Hause. Bettina rutschte das Herz in die Hose. Was sollte sie denn jetzt machen? Sie hatte nicht nur ihre Schwester verloren, sondern jetzt auch noch Klakke. Sie zählte auf Gammel und darauf, dass er ihr half.

In der Ecke neben dem Kamin bewegte sich etwas. Bettina trat vorsichtig einen Schritt näher und entdeckte eine riesige graue Maus, die in einem Bett aus Moos lag und schlief. Die Maus wälzte sich auf die andere Seite und streckte sich. Ihre Krallen reichten so weit sie nur konnten, ihr Mund öffnete sich in einem großen, schläfrigen Gähnen, dann entspannte sich ihr Körper und sie öffnete ein Auge. Kaum hatte das große Nagetier Bettina entdeckt, sprang es von seinem Lager auf.

Bettina wich entsetzt zurück. Normalerweise hatte sie keine Angst vor Mäusen, aber angesichts ihrer jetzigen Größe war diese Feldmaus doch ziemlich furchteinflößend. Zu ihrer großen Erleichterung bewegte sich das Tier nicht in ihre Richtung. Stattdessen machte es den Mund auf und begann zu kreischen.

Und zwar laut.

»*Squiiieee, squiiieee!*«

Und noch einmal. »*Squiiieee!*«

Bettina hielt den Blick auf die Maus gerichtet. Was sollte sie tun? Redete sie mit ihr? Brüllte sie sie an? In der kleinen Küche der Wichtelwohnung dröhnte das Kreischen der Maus wie eine Alarmglocke. Und wie Bettina schnell klar wurde, war ein Alarm genau das, was die Maus beabsichtigte.

Schranktüren öffneten sich in alle Richtungen. Verstörte Wichtel kletterten aus ihren Schlafstätten. Alkoven hatte Pernilla sie genannt, dachte Bettina. Und ihr fiel ein, dass sie mitten in der Wichtelnacht hier aufgekreuzt war.

Der Erste, der herauskam, war Hagen. Ihm folgte, aus dem gleichen Alkoven, die gähnende Pernilla. Aus einer anderen Tür kam Gammel gekrochen, ganz ernst und besorgt. Als er Bettina entdeckte, drehte er sich zu der Maus und legte einen Finger an den Mund.

»Pssst«, sagte er ganz ruhig, und sofort hörte die graue Maus auf zu kreischen. »Danke, Erling. Das hast du gut gemacht.«

Recht zufrieden mit sich selbst, nickte die Maus Bettina wohlwollend zu. Sie umkreiste ein-, zweimal die moosige Matte, machte es sich dann auf ihrem Schlafplatz gemütlich und schloss die Augen. Bettina war fasziniert.

Schließlich begann Gammel zu sprechen.

»Bettina, meine Liebe, etwas wirklich Ernstes ist geschehen.«

Nicht zum ersten Mal war sich Bettina unsicher, ob Gammel eine Frage äußerte oder eine Tatsache feststellte. Aber dann fiel ihr ein, dass der alte Wichtel Dinge auf wundersame Weise wissen konnte, bevor man sie ihm überhaupt erzählt hatte.

»Ja, ich habe Klakke soeben gesehen, und ...«

Bettina zögerte. Wie konnte sie ihnen sagen, dass ihr geliebter Klakke verschwunden war? Alle sahen sie geduldig an, während sie nach den richtigen Worten suchte.

»... und er ... er wurde von einem großen Vogel davongetragen!«

Während die Wichtel sich gegenseitig Blicke zuwarfen, herrschte ein Schweigen, das Bettina nicht recht deuten konnte. Schließlich fing Pernilla an zu lachen.

»Schon wieder?«, prustete sie.

Herzhaftes Gelächter drang aus Hagens dickem Bauch. Selbst Gammel gluckste vor sich hin und strich sich fröhlich über den langen, grauen Bart.

»Das ist schon das dritte Mal in dieser Woche«, erklärte er. Bettina seufzte. »Dann geht es ihm also gut? Er ist gar nicht in Gefahr?«

»Aber nein, meine Liebe«, versicherte Pernilla.

In den Bettchen in der Ecke erhoben sich zwei kleine Köpfe, um zu sehen, was da vor sich ging. Wie die Zwillinge bei diesem Mäusealarm hatten weiterschlafen können, überstieg dabei Bettinas Vorstellungsvermögen!

»Verzeiht bitte«, entschuldigte sie sich. Langsam wünschte sie, sie wäre gar nicht gekommen. »Da wecke ich das ganze Haus auf, und dann wegen nichts und wieder nichts.«

»Sei nicht albern, Herzchen«, sagte Pernilla. Dann drehte sie sich zu ihrem Gatten. »Hagen, würdest du bitte nach den Kleinen sehen? Vielleicht lassen sie sich durch einen Schnuller beruhigen. Nimm Zitrone für Erik, und Tika hat am liebsten Minze. Ich setze jetzt derweil Wasser auf für einen Haselwurztee.«

Hagen kümmerte sich um die Zwillinge, und Gammel fachte das Feuer neu an. Erling, die Wachmaus, schnarchte selig in der Ecke.

»Setz dich zu mir, Bettina«, befahl Gammel.

Sie setzten sich auf zwei Schaukelstühle aus Weidenzweigen, die zu perfekten Sitzflächen mit Kufen geflochten und mit Fuchsschwanzgras zusammengebunden waren.

»Erzähl weiter«, sagte Gammel. »Wo genau wurde Klakke von einem Falken aufgegriffen?«

»Das war drüben auf dieser grasigen Lichtung, nicht weit von hier«, erklärte Bettina. »Nur dass es kein Falke war, sondern eine Möwe.«

Gammels buschige Augenbrauen zogen sich zusammen. Bettina hatte diesen besorgten Gesichtsausdruck schon an ihm gesehen.

»Eine Möwe, sagst du?«

»Ja«, sagte Bettina. »Ist das schlecht?«

»Nun ...« Gammel strich sich über den Bart und tippte mit dem Zeigefinger an die Seite seines runden Gesichts. »Das ändert die Dinge ein wenig.«

»Sie waren schon hoch in der Luft, als ich sie entdeckte, aber ich bin mir sicher, dass es Klakke war. Es klang irgendwie, als würde er deinen Namen rufen.«

»Hmm«, war alles, was der alte Wichtel sagte. Nach einer Weile fragte er: »In welche Richtung sind sie geflogen?«

»Nordwärts«, antwortete Bettina, ohne zu zögern. In den vielen Jahren, in denen sie mit Vater durch die Wälder gewandert war, hatte sie eine hervorragende Orientierung erworben.

Dieses eine Wort schien Gammel zu genügen, um einen Entschluss zu fassen.

»Du wirst eine Reise machen, meine Liebe.«

Bettina war erstaunt. »Ich?«

»Ja, und zwar eine, die du alleine bewältigen musst.«

Das hatte sie nicht erwartet. »Soll ich etwa Klakke suchen?«

»Ich glaube, du wirst ihn finden«, sagte der alte Wichtel mit einer solchen Überzeugung, dass sie es auch glaubte.

»Und Pia? Werde ich auch Pia finden?«

»Wo Klakke ist, befindet sich auch Pia.«

Bettina betrachtete das Feuer, das jetzt wieder aufgeflackert war. Die Flammen tanzten ohne Rhythmus und Richtung. Genau wie die Gedanken in ihrem Kopf. Was war in Gammel gefahren, dass er sie allein auf ein solches Abenteuer schickte? Aber es blieb ihr keine Wahl, oder? Sie musste Pia finden. Und Gammel rechnete damit, dass sie auch Klakke fand.

»Pernilla wird dir ein kleines Essenspaket vorbereiten. Und dann machst du dich auf den Weg«, sagte Gammel. »Zuvor sollst du aber ein paar Dinge erfahren, Bettina. Wir Wichtel sind friedlich und gern für uns. Ein Waldwichtel wie ich ist im Einklang mit den Bäumen und Tieren des Waldes. Ein Stallwichtel wie Klakke versorgt die Nutztiere und die Familie in seiner Nähe. Es gibt sogar Hauswichtel, die in den Häusern der Menschen wohnen, wobei die meisten von uns eher zurückgezogen sind und ihre Wohnstätte nicht mit Menschen teilen.«

Bettina freute sich über Gammels letzten Satz. Er hatte sie in seine Wohnstätte gelassen, und sie fühlte sich geehrt.

»Das Verhältnis der Wichtel zu anderen ist meist unproblematisch. Wir respektieren und schätzen alle Lebewesen«, fuhr Gammel fort. »Wobei ich allerdings zugeben muss, dass es durchaus zum Zerwürfnis zwischen zwei oder mehr Artgenossen kommen kann. Und es gibt da einen Wichtel, einen, der einst ganz in der Nähe gewohnt, sich vor ein paar Jahren aber mit uns zerstritten hat. Was er getan hat und was daraus folgte, war so schwerwiegend, dass er aus Lolland verschwunden ist. Er heißt Ulf.«

Eine unerwünschte Kälte schien den Raum in Besitz genommen zu haben. Nicht einmal die Wärme des Feuers konnte das Frösteln abwehren, das Bettinas Schultern packte. Sie erinnerte sich an das, was sie über aus der Art geschlagene Wichtel gelesen hatte. War Ulf vielleicht gefährlich? So gebannt lauschte sie Gammels Erzählung, dass sie vollkommen vergaß, selbst ein Teil davon zu sein.

»Und jetzt«, schloss Gammel ziemlich abrupt, »musst du Ulf aufsuchen.«

In der kleinen Küche unter der großen Eiche war es so still, dass Bettina das leise Schnarchen der Maus hören konnte.

»Aber warum denn ich?«

142

»Du bist doch eine Larsen, oder etwa nicht?«

»Doch, aber ...«

»Die Familie Larsen hat unter Ulfs Fehlern mehr als jeder andere gelitten. Und glaub mir, ich habe viele Jahre lang versucht, die Sache mit Ulf in Ordnung zu bringen. Erst gestern habe ich Hagen geschickt, um mit ihm über unser Problem zu reden, aber Ulf hat ihn abgewiesen. Immerhin konnte Hagen Hinweise auf deine Pia erkennen. Sie ist bei Ulf, genau wie ich vermutet habe. Und niemand außer dir kann die Dinge in Ordnung bringen. Vielleicht händigt Ulf dir deine Schwester aus, wenn er erfährt, dass die Familie, die er einst enttäuscht hat, ihm vergibt.«

»Kommst du nicht mit?«, fragte sie und flüsterte fast dabei.

»So leid es mir tut, aber aufgrund dessen, was vorgefallen ist, würde meine Anwesenheit der Situation nicht dienlich sein«, antwortete Gammel.

Seine Stimme klang so traurig, dass Bettina ein Ziehen in ihrem Herzen verspürte und ihr noch mehr Fragen in den Kopf kamen. Ein kleiner Klumpen bildete sich in ihrem Hals. Sie fühlte sich, als hätte sie eine unzerkaute Haselnuss geschluckt. *Was hat Ulf den Larsens angetan?* Bettina hielt es aber für das Beste, die wichtigste Frage zuerst zu stellen.

»Ist Pia ... ist sie in Sicherheit?«

Gammel linste über seine Brille. »Ich kann dich nicht anlügen, Bettina. Ich kenne Ulfs Motive nicht, und sein Verhalten war in der Vergangenheit recht sprunghaft.«

Bettina sank das Herz in die Hose. Aber Gammel fuhr fort. »Ich glaube aber, dass Ulfs Groll sich gegen uns hier in der Wichtelwelt richtet. Er hat die Familie Larsen immer sehr geschätzt.«

Ein Seufzer der Erleichterung kam über Bettinas Lippen. Das war zwar nicht viel, aber sie wollte sich nur allzugern auch mit einem kleinen bisschen Hoffnung zufriedengeben. Deshalb kam sie auf die praktischen Fragen.

»Wo werde ich Ulf finden? Wie ... wie komme ich dorthin? Und was soll ich tun, wenn ich ihn gefunden habe?«

»Das wirst du alles zur gegebenen Zeit wissen.«

So durcheinander und ängstlich sie auch war – irgendetwas in Gammels Verhalten beruhigte sie und erfüllte sie mit Zuversicht. Er glaubte an sie, und für den Moment genügte ihr das. Im Handumdrehen waren sie aufgestanden, und Pernilla umarmte sie.

»Umdrehen«, befahl Pernilla. Bettina gehorchte, und Pernilla hängte ihr einen kleinen Rucksack auf den Rücken.

Gammel nahm Bettina an der Hand und führte sie zur Tür.

»Aber meine Größe ... Wie werde ich ...?«, begann sie, aber Gammel fiel ihr ins Wort.

»Deine Größe wird stets genau die richtige sein«, versicherte er ihr. Dann legte er ihre Hand auf die Türklinke, und sie wurde aus der gemütlichen Küche in den vereisten Wald gezogen.

Bettina stand einen Moment ruhig da und ließ den Blick

über den umgebenden Forst gleiten. Alles kam ihr bekannt vor, war aber doch irgendwie verändert. Die große Eiche schien noch größer als sonst zu sein. Und die Blätter unter ihren Füßen waren so riesig wie Suppenteller. Erst als sie eine Eichel von der Größe eines Felsbrockens entdeckte, wurde ihr klar, dass sie klein geblieben war.

Sofort drehte sie sich um und griff nach der Türe, nur konnte sie die Wurzel nicht finden.

»Gammel!«, rief sie laut. »Gammel, ich dachte, ich würde wieder wachsen! Wie soll ich denn aus dem Wald kommen, wenn ich gerade mal so groß bin wie ein Schössling?«

Bettina ging zweimal um die Eiche herum und suchte nach der Wurzel, unter der sich die kleine Türe verbarg, aber sie konnte sie nicht entdecken. Diese Sache würde nie klappen.

Deine Größe wird stets genau die richtige sein.

Das waren Gammels letzte Worte gewesen. Hier in der Welt der Großen klein zu sein, fühlte sich zwar überhaupt nicht richtig an, aber Bettina vertraute Gammel.

Sie entdeckte einen kleinen Stein und kletterte hinauf, um sich besser umsehen zu können. Für ihr Kleinsein musste es einen Grund geben. Aber wie um alles in der Welt sollte sie zu Ulf gelangen? Sollte sie etwa zu Fuß gehen? Das würde Tage dauern. Oder Wochen. Und sie wusste nicht einmal, wohin.

Im vereisten Unterholz des Waldes knackte es laut, und sie zuckte zusammen. Rechts von ihr erschien hinter einem der entfernteren Bäume eine weiße Gans, wie es sie auch auf dem Hof der Pedersens gab. Normalerweise hatte Bettina keine Angst vor Gänsen, außer vor dem Ganter der Nachbarn, der zu bestimmten Zeiten im Jahr seine Gänse mehr als sonst beschützte und dann auf jeden losging, der ihnen zu nahe kam. Dies hier war zwar kein Ganter, aber trotzdem hatte Bettina ein mulmiges Gefühl.

Die weiße Gans watschelte im Zickzack zwischen den Bäumen durch. Beim Näherkommen erkannte Bettina, dass es sich um eine alte Gans handelte. Es war tatsächlich eine vom Pedersen-Hof. Bettina war sich ziemlich sicher, dass das Muttertier sich verlaufen hatte, denn so weit vom Hof konnte man normalerweise keine Stallgans sehen. Wildgänse schon. Aber die Pedersen-Gänse? Niemals.

»Husch!«, rief Bettina und war ganz erstaunt, welch lautes Geräusch aus ihrem kleinen Mund kam. Zumindest ihre Stimme war nicht mehr so klein wie der Rest von ihr. »Geh nach Hause!«

Sie hatte gehofft, ihr lautes Kommando würde die entlaufene Gans wieder in Richtung der Pedersens treiben, aber das Tier kam unbeirrt auf sie zu. Hatte es Bettina denn überhaupt schon entdeckt, so klein wie sie war?

»*KRIEK!*« Der gigantische Schnabel der Gans bellte direkt in Bettinas Richtung. Kein Zweifel. Das Tier konnte sie recht gut sehen.

Bettina rutschte von ihrem steinernen Aussichtspunkt und versteckte sich schnell hinter der Eiche. Dort hielt sie die Luft an und wartete. *Aus den Augen, aus dem Sinn*, dachte sie.

»*KRIEK!*«

Bettina blieb fast das Herz stehen. Ein großes, schwarzes Gänseauge sah ihr direkt ins Gesicht.

»*KRIEK!*«

»Lass das!«, schimpfte Bettina und vergaß dabei völlig, dass das Tier mindestens dreimal so groß wie sie selbst war.

Die Gans der Pedersens hörte aber nicht auf, Bettina anzuschreien. Und Bettina hörte nicht auf, die Gans nach Hause zu schicken. Aber die Gans gehorchte nicht. Stattdessen kam sie immer näher und kriekte dabei unablässig, wenngleich nicht wirklich böse. Es war, als wollte sie Bettina etwas mitteilen. Oder sie zu etwas bewegen.

»Was willst du denn?«, sagte Bettina händeringend. »Ich habe keine Zeit für Spielchen. Ich muss an einen bestimmten Ort und habe nicht die geringste Ahnung, wo der sich befindet, geschweige denn, wie ich dort hinkommen soll!« Ihre Klage beendete das Gezeter der Gans. Ganz ruhig, ganz gemächlich trat die weiße Gans vor das kleine Mädchen. Sie bog ihren langen, schlanken Hals nach unten und legte den Kopf auf den Boden neben Bettinas Füße. Und sie wartete.

»Aber was machst du denn jetzt?«

Bettina war völlig verzweifelt. Die Muttergans der Pedersens verlor jetzt allerdings auch die Geduld. Mit ihrem großen, runden Schnabel packte sie Bettinas Rucksack und zog Bettina mit nach oben.

»Was ... HILFE!«, rief Bettina entsetzt.

Wie sollte sie denn Pia und Klakke finden, wenn die alte Gans sie zu Mittag verspeiste?

Aber anstatt sie zu verschlucken, streckte die Gans ihren langen Hals nach hinten und setzte sich Bettina vorsichtig auf den Rücken. Und dann begann sie zu rennen!

Immer noch ein wenig benommen, schlang Bettina die Arme um den Hals der Gans und hielt sich fest.

Kaum spürte die Muttergans, dass ihr Passagier jetzt festen Halt hatte, breitete sie die Flügel aus und hob vom Boden ab. Mit starken, regelmäßigen Flügelschlägen stieg die Gans immer weiter auf, bis sie hoch über dem Wald schwebten, hoch über den kahlen Zuckerrübenfeldern, und sich nordwärts bewegten.

Nordwärts zu Klakke. Nordwärts zu Pia.

Überquerung

Lollands Winterlandschaft verschwamm unter Bettina, als sie mit der Gans der Pedersens in die Wolken aufstieg. Anfangs klammerte sie sich so fest an den Hals des Vogels, dass sie schon Angst hatte, dem armen Tier würde mitten im Flug die Luft ausgehen.

Aber kaum hatten die kraftvollen Flügel einen regelmäßigen Auf-und-ab-Rhythmus gefunden, ließ nicht nur Bettinas Herzrasen nach, auch ihr Atem passte sich dem Schlagen der Flügel an. Erst da lockerte sie ihren Griff und entspannte sich.

Die weiße Gans schien genau zu wissen, wo sie hinmusste. Als Bettina sich irgendwann traute, seitlich nach unten zu schauen, erblickte sie sowohl Häuser und Scheunen, die wie Spielzeug wirkten, als auch Felder und Gehöfte, die wie Quadrate angeordnet waren und aussahen, als hätte jemand einen weiß-grauen Flickenteppich über ganz Lolland geworfen. Sie hielt Ausschau nach Orientierungspunkten, an denen sie erkennen konnte, wo sie waren, wobei rasch klar wurde, dass sich das Hinuntersehen während des Fliegens nicht mit ihrem Magen vertrug. Sie holte tief Luft und richtete den Blick auf die Wolken vor sich.

Die Zeit stand still.

War sie eine Stunde geflogen? Einen Tag? Oder nur ein paar Minuten? Sie riskierte einen weiteren Blick nach unten. Kein Raureif war zu sehen. Sie hatten ein Winterwunderland hinter sich gelassen und eine trostlos graue Landschaft erreicht. Die Sonne war wie in den Tagen zuvor nirgendwo zu sehen.

Durch die Zeitlosigkeit hatte Bettina ausgiebig Gelegenheit zum Nachdenken. Wie würde dieser böse Wichtel sein? Bettina fragte sich, ob sie Pias Übergabe womöglich mit Ulf würde verhandeln müssen, nur – was hatte sie schon zu bieten? Sie trug nichts bei sich außer Pernillas Rucksack. Daheim im Larsen-Haus gab es nichts, was andere nicht auch besaßen. Es gab elektronische Geräte, Computer und derlei, aber Bettina konnte sich nicht recht vorstellen, dass ein Wichtel damit viel anzufangen wusste.

Die Larsens besaßen ein paar Antiquitäten, die sie von Farfars Familie geerbt hatten. Ein besonders wertvolles Erbstück war eine goldene Taschenuhr, die vor langer Zeit Farfars Großvater gehört hatte. Vielleicht waren die Wichtel wie Kobolde und interessierten sich für Wertgegenstände wie etwa Gold. Wobei nichts Derartiges in dem Buch stand, und nachdem Bettina Gammel, Pernilla und Hagen kennengelernt hatte und in ihrer Wohnung gewesen war, musste sie eher bezweifeln, dass ein Wichtel sich übermäßig für Gold interessierte. Auch ein aus der Art schlagender Wichtel.

Vor ihnen wurden die kahlen Rüben- und Getreidefelder immer spärlicher, und kleine Ansammlungen von Gebäuden tauchten auf. Bettina holte tief Luft und sah direkt nach unten. Sie erkannte eine Kirchturmspitze und ein Getreidesilo. Sie flogen über eine Stadt. Gebäude standen eng nebeneinander an kurvigen Straßen, die direkt auf etwas zuliefen, das nach Wasser aussah. Bettina setzte sich aufrecht hin und streckte ihren Kopf zur Seite, um am Hals der Gans vorbeisehen zu können. Und tatsächlich, am Horizont waren Schiffe. Unmengen von Schiffen in allen Größen, außerdem Schiffe, die in den Hafen einliefen. Bettina wusste, wo sie sich befanden. Aber die Gans machte keine Anstalten, niedriger zu fliegen. Sie würden nicht in der vertrauten Küstenstadt landen. Bettina und die Gans flogen direkt auf das offene Meer zu.

Viele Stunden schienen zu vergehen – mit nichts als den stahlgrauen Wolken über und dem farblich dazu passenden Meer unter ihnen. Bettinas Augen wurden schwer, aber sie wollte nicht einschlafen, um auf keinen Fall ihren Griff um den Gänsehals zu lockern und womöglich vom Himmel zu purzeln. Tief unter sich sah sie die Askø-Fähre im Meer, und sie begann zu ahnen, dass ihr Weg vermutlich auch zu dieser kleinen Insel im Norden Lollands führen würde. Es ergab durchaus Sinn, dass jemand, der anderen Leuten aus dem Weg gehen wollte, sich auf Askø versteckte, gerade im Winter. Im Sommer war die Insel sehr beliebt bei den Urlaubern, die dann jedes noch so kleine Ferienhaus bevölkerten. Aber im Winter war Askø so gut wie verlassen.

Und tatsächlich: Kaum war die Küste von Askø in Sicht, begann die Gans der Pedersens ihren so langsamen wie stetigen Landeanflug.

Askø

Es war schon um die Mittagszeit, als die Gans der Pedersens auf der vereisten Insel Askø landete, aber trotzdem
ließ die Sonne sich nicht blicken. Hier gab es keinen Raureif. Kein Winterwunderland. Nur stählernes Grau und
beißende Kälte. Noch bevor Bettina vom glatten weißen
Rücken der Gans rutschte, hatte ein eiskalter Regen einge-
setzt, dessen Tropfen der Wind erbost in Bettinas Gesicht
peitschte. Sie waren über die Anlegestelle geflogen, über
das Fährhaus und über die verlassenen Ferienhäuser, die
sich an der Küste drängten. Sie waren ins Innere der kleinen Insel vorgedrungen, wo Bettina keinerlei Anzeichen
menschlicher Aktivitäten feststellen konnte. Der perfekte
Lebensraum für einen unglücklichen Wichtel. Aber wo genau war er?
»Und?« Bettina drehte sich zu ihrem gefiederten Reiselei-
ter. »Was jetzt?«
Die Gans gab ein Kriek-Geräusch von sich und machte drei
große, schnelle Schritte. Sollte sie ihr nachlaufen? Vielleicht zeigte sie Bettina, in welche Richtung es ging. Aber

bevor Bettina richtig darüber nachdenken konnte, schlug die Gans der Pedersens mehrere Male mit den Flügeln und flog davon in Richtung Lolland.

»Warte!«, rief Bettina in den Wind. »Bleib hier!«

Aber die Gans schaute kein einziges Mal zurück.

»Danke fürs Mitnehmen«, murmelte Bettina.

Sosehr sie sich mittlerweile an ihre geringe Größe gewöhnt hatte, fand sie die Ausmaße der umliegenden Dinge dennoch überwältigend. Sie war in einem Feld mit braunem Wintergras abgesetzt worden, das ringsumher schwankte und sie wie eine endlose Ansammlung von Fahnenmasten überragte. Es war unmöglich, über die gebogenen Spitzen zu sehen, also marschierte sie in Richtung des Wäldchens, das ihr vor der Landung aufgefallen war. Ein Wichtel, der sich verstecken wollte, würde sicher im Wald leben, oder?

Mit ihrer jetzigen Körpergröße stellten selbst kleine Steine gewaltige Hindernisse dar. Und obwohl die Insel nicht sehr groß war, wusste Bettina, dass ihre Beine sie nur über eine gewisse Distanz tragen würden, bevor der Himmel über ihr schwarz wurde und die Dunkelheit einsetzte. Würde sie es bis dahin wenigstens zum Wald schaffen?

Hoch über sich hörte Bettina einen durchdringenden Schrei. *Ah-ahh! Ah-ahh!* Eine Möwe schwebte über ihr und stieß nach unten. Bettina duckte sich und legte schützend die Arme über den Kopf. Sie hatte mitverfolgen können, wie eine Möwe sich Klakke schnappte. War sie jetzt als Nächstes dran?

Aber die Möwe schwebte wieder hinauf in die grauen Wolken und verschwand mit immer leiser werdenden Schreien über dem Meer. Bettina nahm die Arme vom Kopf, ohne dass ihr Herz zu klopfen aufhörte. Sie ging weiter auf das Wäldchen zu, während in der Ferne noch gelegentlich eine Möwe schrie. Bald war aber nichts mehr zu hören, und eine gespenstische Stille machte sich in ihren Ohren breit. Kalter, eisiger Regen fiel zu Boden. Wie ein nasses Handtuch hing die Luft über Bettinas Nacken und Schultern, und sie begann zu zittern. Askø war im Winter nicht das sonnige Paradies, in dem sie und ihre Familie sich in den Sommerferien so wohl gefühlt hatten.

Nur vom Schmatzen ihrer Stiefel auf der nassen Erde begleitet, ging Bettina weiter. Schließlich erreichte sie eine Stelle, an der das hohe Gras in eine Landschaft aus Bäumen und Gebüsch überging. Beim Weitergehen wurden die Bäume um sie herum so lange größer und immer dichter, bis sie sich mitten im tiefsten Wald befand. Über ihr gab es nur spärliche Lücken zwischen den Baumwipfeln. Wenngleich es immer noch eiskalt war, hatte sie immerhin den Regen hinter sich gelassen.

Aber was jetzt?, fragte sich Bettina. Kein Weg war zu sehen, nichts gab Hinweise darauf, wo ein unglücklicher Wichtel sich niedergelassen haben könnte. Sie suchte die Umgebung nach irgendetwas ab, das auffällig war und nicht hierhergehörte. Eine dünne Eisschicht überzog den mit Blättern bedeckten Waldboden. Braune, abgestorbene

Blätter hingen vereinzelt an kahlen Winterbüschen. Nichts rührte sich. Kein einziges Blatt bewegte sich in der klaren, kalten Luft.

Und dann hörte Bettina etwas. Keine Möwe. Überhaupt keinen Vogel. Ein Wimmern? Sofort hatte sie wieder Herzklopfen. Pia?

Bettina stand mucksmäuschenstill und lauschte, während ihre Augen den reglosen, leblosen Wald nach irgendeiner, und sei es auch noch so kleinen, Bewegung absuchten. Erneut ein Geräusch. Ein zaghaftes Rufen.

»Bettina?«

Bettina seufzte. Das war nicht Pia.

Sie suchte das Unterholz ab, ohne Erfolg.

»Bettina. Hier oben.«

Sie blickte vom Waldboden hinauf in die Baumwipfel. Eine kleine Person mit roter, seitlich abgeknickter Mütze hing mit dem Mantelkragen am untersten Ast einer Birke. Die braun gestiefelten Füße baumelten hoch in der Luft und schlenkerten dort ungeduldig hin und her.

»Klakke!«

Mit verlegenem Grinsen hob er eine Hand und winkte.

»Hallo, Bettina.«

Bettina grinste zurück. Trotz seiner Beteiligung an Pias Verschwinden hatte sie für Klakke eine gewisse Zuneigung entwickelt, und diese erfüllte ihre ausgekühlten Knochen jetzt mit Wärme. Sie wollte die Arme um den kleinen Kerl schlingen und ihn vor Freude drücken, nur dass das nicht ging. Selbst auf dem untersten Ast war er noch außerhalb ihrer Reichweite.

Klakkes Wangen färbten sich rosa, sei es durch die Kälte oder die unangenehme Situation, in der er sich befand.

»Ich hänge irgendwie fest.« Klakke seufzte. »Der verrückte Vogel wollte mich wohl bei Ulfs Wohnung abwerfen, aber stattdessen hat mich dieser Ast erwischt.«

Klakke steckte tatsächlich in der Klemme. Und Bettina hatte keine Ahnung, wie sie ihn daraus befreien sollte. Sie streckte sich so weit nach oben, wie ihre kleinen Arme es erlaubten. Doch der Abstand zu ihm schien immer noch mehrere Fußbreit zu betragen, wenngleich es vermutlich nicht mehr als nur ein paar Zentimeter waren.

»Keine Sorge, Klakke«, sagte sie. »Ich hol dich da runter.«

Bettina suchte den Waldboden nach einem Gegenstand ab, mit dem sie etwas anfangen konnte, aber entweder waren die Sachen zu klein, um tatsächlich nützlich zu sein, oder zu groß, um von ihr überhaupt aufgehoben werden zu können.

»Dort drüben!« Klakke zeigte auf einen langen Stock.

Unter normalen Umständen wäre es für Bettina ein Leichtes gewesen, den Stock hochzuheben, aber zum jetzigen Zeitpunkt waren die Umstände alles andere als normal. Der Stock war riesig und hatte den Durchmesser eines Baumstamms!

»Versuch es doch!« Klakkes Beine schlenkerten vor Aufregung noch höher. »Du wirst dich wundern.«

Mit einem Achselzucken bückte sich Bettina, um den Stock aufzuheben. Aber wie erstaunt war sie, dass er für seine Größe unglaublich leicht war.

Sie zog ihn zu der Birke.

»Wie ...?«

»Wichtelkraft«, erklärte Klakke.

»Aber ich bin doch gar kein Wichtel.«

»Das mag wohl stimmen, aber irgendwie bist du so klein wie wir, und es sieht ganz so aus, als hättest du auch die dazugehörige Stärke.«

Deine Größe wird stets genau die richtige sein.

Bettina lächelte. Gammels Satz traf schon wieder zu.

»Ich, ähm, möchte nicht ungeduldig wirken«, begann Klakke, »aber könntest du vielleicht ...?«

»Oh! Verzeih, Klakke!«

Bettina stemmte das obere Ende des Stocks gegen den Ast, an dem Klakke hing. Das untere Ende rammte sie in die feuchte Erde.

»Das sieht doch jetzt ganz stabil aus. Kannst du herunterklettern?«

Klakke griff nach dem Stock. Er drückte und zog und drehte und wendete sich, aber es gelang ihm einfach nicht, seinen Mantelkragen von dem Ast loszumachen.

»Du musst zu mir heraufkommen«, sagte Klakke kleinlaut und mit noch roterem Kopf als vorher.

Bettina sah an dem schräg gestellten Stock hinauf. Vom Boden bis zu ihrem neuen Freund war es ein ganz schönes Stück. Sie zog sich probehalber ein wenig an der selbst gebauten Rampe hinauf und war zu ihrer großen Überraschung in der Lage, genauso schnell nach oben zu klettern wie sonst beim Besteigen der Heubodenleiter. Als sie Klakke erreicht hatte, strotzte Bettina vor Selbstvertrauen.

»Mach dir keine Sorgen«, sagte sie. »In Nullkommanichts mache ich dich los!«

Tatsächlich gelang es Bettina beim ersten Versuch, Klakkes Mantel vom Ast loszuhaken.

»Huuuiii!«, johlte Klakke und ließ sich ungebremst den Stock hinuntergleiten. »Ich bin frei!«

Bettina lachte und kam ebenfalls zurück auf die Erde, wenngleich ein bisschen vorsichtiger.

»Vielen Dank, Bettina Larsen!« Klakke musterte sie intensiv, während sich quer über sein rundes Gesicht ein Grinsen ausbreitete.

Bettina war glücklich, Klakke endlich von Angesicht zu Angesicht gegenüberzustehen. Das war also der Wichtel, der in der Scheune wohnte, ihr bei der Erledigung ihrer Aufgaben zusah und manchmal auch dabei half. Oder manchmal auch ein bisschen Unheil anrichtete? Sie musste daran denken, wie Pia vor wenigen Tagen nach oben ins Gebälk der Scheune geschaut und dabei vor Freude gejauchzt hatte.

»Sehr erfreut, dich kennenzulernen«, sagte Bettina. Sie streckte die Hand aus, die Klakke voller Begeisterung schüttelte.

»Du warst gerade wirklich tapfer, als du da hochgeklettert bist, um mich zu retten«, meinte er. »Du erinnerst mich an jemanden.«

»Wirklich?« Bettina war neugierig. »Mensch oder Wichtel?«

»Wichtel natürlich«, erwiderte Klakke. Menschen kannte er ja kaum. »Ich meine Klara, meine Zwillingsschwester.«

»Du hast eine Zwillingsschwester?«, fragte Bettina. »Aber ja, natürlich! Ich würde sie gerne kennenlernen, also irgendwann einmal.«

Klakke wurde für einen Augenblick ernst. »Und ich würde sie gerne wiedersehen, also irgendwann einmal«, sagte er. »Es ist viel zu lange her.«

Der junge Wichtel sagte nichts mehr über seine Wichtelschwester. Er lächelte Bettina einfach weiterhin an, als sei er durch ihre Gegenwart etwas gehemmt. Schließlich war dies seine erste Begegnung mit einem Menschen, abgesehen von der kurzen Zeit, die er mit der kleinen Pia verbracht hatte.

Pia. Der Grund, dass sowohl Bettina als auch Klakke nach Askø gekommen waren. Und obschon beide nicht sicher sein konnten, hegten sie doch dieselbe Hoffnung. Die Hoffnung, dass Pia ganz in der Nähe war. Und die Hoffnung, dass sie das Baby bald wiedersehen würden.

Tatsachen

Als ob er ihre Gedanken lesen könnte, sagte Klakke zu Bettina: »Wir sollten jetzt gehen und mit Ulf reden.«
Bettina war überrascht.
»Weißt du denn, wo er wohnt?«
»Es ist nicht weit.« Klakke deutete auf einen schmalen, kaum sichtbaren Pfad unweit des Baumes, an dem er gehangen hatte.
Gemeinsam gingen sie los. Als ihre kleinen Stiefel einen Gleichschritt gefunden hatten, begann Klakke zu sprechen.
»Ich vermute mal, dass Gammel dich hergeschickt hat«, sagte er.
»Das stimmt. Er sagte, Hagen sei davon überzeugt, dass Pia sich bei einem Wichtel namens Ulf befände. Und dass ich Ulf irgendetwas verzeihen müsse, das er meiner Familie vor langer Zeit angetan hat. Nur weiß ich überhaupt nicht, was ich machen soll, wenn ich ihn treffe.«
Der junge Wichtel schüttelte den Kopf. »Oh weh, was habe ich da nur für ein Durcheinander angerichtet.«

Sie gingen über die vereisten Blätter, ohne den Winternachmittag durch ein Geräusch zu stören.

»Ich glaube, dass ich dir helfen kann, Bettina. Es gibt ein paar Dinge, die du wissen musst. Zunächst ist es so, dass Ulf einmal in Lolland gelebt hat, vor ein paar Jahren allerdings weggegangen ist.«

Bettina nickte. Das hatte Gammel ihr ja auch schon erzählt.

»Kanntest du Ulf?«, fragte Bettina. »Wart ihr befreundet?«

Klakke lächelte, aber lange hielt das Lächeln nicht an.

»Ja, ich habe ihn gekannt. Aber Freunde waren wir eher nicht.«

»Oh.«

»Wir waren ... wir sind ... Cousins.«

»Oh!« Bettina staunte.

»Ulf ist älter als ich. Er hatte in Lolland einen Bauernhof und eine Familie, um die er sich kümmern musste. Und er hat diese Aufgabe ziemlich ernst genommen«, berichtete Klakke.

»Aha, dann ist Ulf also kein Waldwichtel, sondern ein Stallwichtel.«

»Ganz recht. Aber dann ist etwas passiert. Und zwar das Schlimmste, was einem Stallwichtel überhaupt passieren kann.«

Bettina grübelte über Klakkes Worte nach. Was konnte das Schlimmste für jemanden sein, der einen Stall voller Tiere zu versorgen hatte? Sie riss die Augen auf.

»Oh nein! Er hat doch nicht etwa einem Tier Schaden zugefügt?«

»Nun, in gewisser Weise schon. Seine Unachtsamkeit hatte den Tod eines Tieres zur Folge. Eines ganz besonderen Tieres. Es war das Lieblingspferd des Bauern.«

Bettina empfand sofort tiefes Mitleid mit dem unschuldigen Pferd und dem Bauern. Sie liebte Pferde über alles. Es war dies eine Leidenschaft, die es bei den Larsens seit vielen Generationen gab. Vater war ziemlich stolz auf Hans und Henrietta. Und Farfar? Farfar hatte jedes einzelne seiner Pferde über alles geschätzt. Ganz besonders einen herrlichen Araber-Wallach namens Kasper. Von dem hatte Farfar immer voller Bewunderung und gleichzeitig Trauer erzählt, denn Kasper war Schlimmes widerfahren, nachdem eines Abends jemand den Stall offen gelassen hatte ...

In Bettinas Brust hörte für einen Augenblick das Herz auf zu schlagen.

»Wann, Klakke? Wann war Ulf ein Stallwichtel? Und bei wem, Klakke? Wessen Wichtel war er denn?«

Klakke seufzte.

»Jetzt wirst du verstehen, warum ich dir das erzählen muss, ehe du Ulf begegnest. Bevor ich nach Lolland kam, war er dein Wichtel. Na ja, nicht wirklich deiner, denn du warst ja eben erst zur Welt gekommen, als er verschwand.«

Bettina verlangsamte ihren Schritt. Ulf war der Wichtel der Larsens gewesen.

»Sprich weiter, Klakke. Erzähl mir alles.«

»Na ja, Ulf hat für deine Familie fast hundert Jahre lang gesorgt. Er kannte deinen Vater noch, als er ein kleiner Junge war. Und Farfar, deinen Großvater, auch. Er hat die Tiere versorgt, schlief auf dem Heuboden, auf dem ich jetzt schlafe, und achtete auf das Wohl der Familie. Er war äußerst gewissenhaft.«

»Aber wie konnte er dann vergessen, den Stall zuzumachen?«

»Um diese Frage dreht sich der vorherrschende Streit, Bettina.«

»Tut mir leid, aber das verstehe ich nicht, Klakke.«

Klakke seufzte. »Ulf sagte, es war ein Versehen. Sein Vater hat etwas anderes vermutet.«

»Ulfs Vater?«

»Ulfs Vater – Gammel.«

Oh! Langsam wurden die Dinge klarer. Ulf war Gammels Sohn und Pernillas Bruder.

»Und das geschah ...«, begann Bettina.

»... vor zwölf Jahren«, schloss Klakke.

»Als ich zur Welt kam?«

»Als du zur Welt kamst.«

Bettina hatte noch mehr Fragen, aber Klakke blieb stehen. »Hier ist es.« Er zeigte auf einen Baum vor ihnen.

»Wo denn?« Bettina schaute genau hin, erkannte aber nichts, das wie eine Wichtelbehausung aussah. Keine dunkle Tür unter einer knorrigen Wurzel. Keine schmale Öffnung in der Rinde.

»Ich kann nichts ...«, sagte sie.

Doch dann fiel ihr etwas auf. Eine Linie. Eine äußerst gerade Linie inmitten all der kurvigen Blätter und Äste. Sie kniff die Augen zusammen, ging näher – und musste nach Luft schnappen.

Am Fuß des Baumes stand ein winziges braunes Haus in Wichtelgröße. Seine Farben fügten sich hervorragend in die umgebende Waldlandschaft. Auf seinem Dach lag eine dünne Eisschicht. Bei genauerem Hinsehen erkannte Bettina, dass das sorgfältig gedeckte Dach aus den Schuppen von Kiefernzapfen bestand. Ulf war genauso einfallsreich wie all die anderen Wichtel, die sie bislang kennengelernt hatte.

»Ist es das?«, fragte sie Klakke.

Klakke nickte.

Das hübsche kleine Häuschen wirkte viel zu gepflegt, als dass hier jemand wie Ulf wohnen könnte. Hieß es nicht, er sei unwirsch und ungesellig? Dieses Haus sah aber höchst einladend aus. Vielleicht war das ja auch eine Falle. So wie das Hexenhaus aus Lebkuchen, von dem sich Hänsel und Gretel anlocken ließen.

»Sollen wir ... sollen wir klopfen?«, fragte Bettina.

»Mach du das«, drängte Klakke. Verständlicherweise war er nicht so erpicht darauf, Ulf zu sehen. Und vermutlich würde sich Ulf nicht besonders über den Besuch des Cousins freuen, der seine Verpflichtungen gegenüber der Larsen-Familie übernommen hatte.

Bettina zögerte keine Sekunde. Die Zeit war gekommen. Klakke hielt den Atem an, während sie den Türklopfer anhob und fallen ließ. Von drinnen kam eine gedämpfte Stimme.

»Immer herein.«

Bettina machte die Türe auf, und die beiden betraten das Haus.

Erstaunlicherweise sah die Küche ganz ähnlich aus wie die von Gammel. Ein Kamin, ein Herd mit fein gearbeiteter Emailglasur, eine Wand mit geschlossenen Alkoven. Allerdings wirkte der Raum düster und leer. Nichts war zu spüren von der Wärme und der Behaglichkeit, wie sie die Lolländer Wichtelfamilie in ihrem Haus unter der Eiche erzeugt hatte.

Bettina suchte den Raum nach Pia ab, konnte aber nicht das geringste Anzeichen eines Babys erkennen. Auch nicht von irgendjemandem sonst.

»Hallo?«, rief sie. »Ist jemand zu Hause?«

»Hier hinten«, erklang dieselbe Stimme wie eben.

Bettina und Klakke sahen sich kurz an, dann schob Klakke sie in Richtung eines langen, schmalen Gangs. Diesen gingen sie vorsichtig entlang, bis er sich zu einem weiträumigen, schlecht beleuchteten Zimmer öffnete, in dem ein gemütlicher, sorgfältig geschreinerter Schaukelstuhl vor einem weiteren Kamin stand.

Im Kamin loderte ein Feuer, aber nicht einmal dadurch wurde der Raum richtig warm. Zwei braun gestiefelte

Füße waren auf den Kaminsims gestützt und hielten den Schaukelstuhl in Bewegung.

»Das ist Ulf«, flüsterte Klakke und zeigte auf die dunkle Person, die mit dem Rücken zu ihnen saß.

Dann versteckte er sich hinter Bettina und gab keinen Mucks mehr von sich.

Ulf

Die Stiefel brachten den Schaukelstuhl abrupt zum Stehen, und schon stand der mysteriöse Ulf Auge in Auge mit seinen Besuchern. Bettina spürte, wie sich jeder Muskel in ihrem Körper anspannte. Außerdem merkte sie, wie Klakke hinter ihr zitterte.

Ulf war nur wenig größer als Gammel und Hagen, aber ein ganzes Stück größer als Klakke. Er trug das traditionelle Wichtelgewand, wenngleich keine Mütze. Sein kurzes, graues Haar war ein bisschen verstrubbelt, und sein grauer Bart reichte ihm nur bis knapp unters Kinn. Er war schlanker als die anderen Wichtelmänner, was vielleicht auch daran lag, dass er keine Wichtelfrau hatte, die für ihn kochte.

Aber es waren seine Augen, die ihn am meisten von den anderen unterschieden. Sie waren klein und rund und schwärzer noch als selbst die dunkelste aller dänischen Nächte. Bettina konnte ihn nur kurz ansehen, bevor sie ihren Blick abwenden musste. Seine Augen waren genauso kalt und leer wie der Raum, in dem sie standen.

»Bettina Larsen«, sagte Ulf tonlos. »Ich wusste, dass du kommen würdest.«

»Mir blieb ja wohl nichts anderes übrig«, antwortete Bettina schnippisch und befürchtete sogleich, den Wichtel durch ihr Ungehaltensein verärgert zu haben.

Doch sein Gesicht blieb ausdruckslos. »Du wurdest hergeschickt.«

Wieder einmal musste Bettina entscheiden, ob sie es hier mit einer Feststellung oder mit einer Frage zu tun hatte. Er schien zu wissen, dass sie auf Gammels Befehl hin gekommen war.

»Das ist richtig. Ich bin hier, um meine kleine Schwester zu treffen«, sagte sie und versuchte dabei so zu klingen, als hätte sie die Situation unter Kontrolle.

Ulf nickte. »Und zwar gerade rechtzeitig.«

Dann neigte er den Kopf zur Seite.

»Ich kann dich sehen, Klakke«, sagte er. »Du kannst hier niemandem etwas vormachen.«

Klakke trat vorsichtig hinter Bettina hervor.

»Wirklich? Oh. Tut mir leid«, sagte er verlegen. »Und, ähm, hallo.«

»Was willst du denn hier?«, fragte Ulf barsch.

Klakke wich nicht von Bettinas Seite.

»Ich ... ich suche das ... das Baby«, stammelte Klakke.

»Sieht aus, als hättest du es gefunden.«

Ulf machte einen Schritt zur Seite. Bettina hielt die Luft an. Hinter dem Schaukelstuhl stand ein hölzernes Bettchen, das genau gleich aussah wie die von Tika und Erik. Darin lag Pia und schlief selig.

Bettina eilte zu dem Bettchen und schaute hinein. Pia sah ganz friedlich und zufrieden aus. Sie war in eine Decke aus Distelhaar gewickelt, so weich wie die Socken, die Bettina immer noch anhatte.

»Pia!«, flüsterte Bettina und war ganz entzückt über das süße Gesicht ihrer Schwester. Zärtlich streichelte sie eines der drallen Bäckchen, vorsichtig darum bemüht, die Kleine nicht aufzuwecken. »Ich hatte schon Angst, dass ich sie nie wiedersehe.«

»Es geht ihr gut«, versicherte Ulf. »Ich habe gut auf sie aufgepasst.«

Bettina drehte sich zu Ulf. »Warum?«, fragte sie. »Warum hast du sie Klakke weggenommen? Was willst du denn hier draußen mit einem Menschenbaby? Hier in dieser einsamen, gottverlassenen Wildnis?«

Tränen brannten in Bettinas Augen, als ihre Wut sich einen Weg an die Oberfläche bahnte. Sie merkte, dass sie die Frage damit womöglich selbst beantwortet hatte. Wollte Ulf sich Pia holen, um Gesellschaft zu haben? Dieses düstere, einsame Häuschen wurde durch das Lachen eines Kindes definitiv heller, und erst recht durch einen Engel wie Pia.

»Lass uns die Dinge besprechen«, sagte Ulf.

Bettina sah kurz zu ihrer friedlich daliegenden Schwester. Obwohl sie sich nichts sehnlicher wünschte, als Pia hochzuheben und mit Küssen zu bedecken, war ihr doch klar, dass sie das schlafende Baby besser nicht störte, bevor sie nicht mit Ulf alles geklärt hatte und die Kleine dann endgültig mit nach Hause nehmen konnte.

Ulf gab Bettina ein Zeichen, im Schaukelstuhl Platz zu nehmen, was sie auch tat. Er selbst setzte sich auf einen handgeschnitzten Holzschemel. Klakke, so ruhig und schweigsam wie selten, ließ sich auf dem Kaminrand nieder, nah bei Bettina und so weit wie möglich von Ulf entfernt.

Ruhe kehrte ein. Bettina betrachtete Ulf, der nicht recht zu wissen schien, wie oder sogar wo er mit dem anstehenden Gespräch beginnen sollte.

Schließlich fing er an zu reden.

»Vor nicht allzu langer Zeit – wobei dir das vermutlich länger vorkommen dürfte – lebte ich glücklich und zufrieden in Lolland.«

»Du kanntest meine Familie.«

Ulf nickte. »Recht gut sogar. Nicht nur kannte ich die Larsens, ich kümmerte mich auch um sie. Über zwei Generationen.«

Sosehr sie sich auch anstrengte, konnte Bettina sich Ulf beim besten Willen nicht als jungen, glücklichen Wichtel vorstellen, der lächelte, fröhlich vor sich hinpfiff und auf dem Hof seine Arbeit erledigte. »Das heißt, du kanntest Farfar.«

Bei diesem Namen wurde Ulfs Gesichtsausdruck etwas milder.

»Allerdings. Von Kindesbeinen an redete dein Großvater

mit mir, wenngleich er mich nie zu Gesicht bekommen hat. Jeden einzelnen Tag kam er in die Scheune und begrüßte mich. Wobei es natürlich viele Kinder gibt, die an uns Wichtel glauben. Es sind die Erwachsenen, die das nicht wahrhaben wollen. Dein Großvater war aber anders, Bettina. Auch als er seine Kinderjahre längst hinter sich gelassen hatte und ein so tatkräftiger wie gestandener Mann war, kam er immer noch tagtäglich zu mir.«

Was Ulf erzählte, überraschte Bettina nicht. Farfar war immer restlos davon überzeugt gewesen, dass es im Wald und auf dem Hof Wichtel gab. Und selbst wenn Bettinas Mutter Farfars Erzählungen als Märchen abtat, ließ der sich nicht von seiner Überzeugung abbringen.

»Farfar hat an euch Wichtel geglaubt«, meinte sie. »Das hat er mir unzählige Male gesagt.«

»Ich weiß. Und das, obwohl er mich nie zu Gesicht bekam. Deshalb war er ja auch so besonders, Bettina. Er glaubte, ohne zu sehen.«

»Farfar ist gestorben«, sagte Bettina. »Wusstest du das?«

Ulfs stoischer Gesichtsausdruck verdüsterte sich ganz plötzlich. Er sah jetzt so aus wie die Bettina, die sie selbst so oft im Spiegel erblickt hatte: Ulf vermisste ihren Großvater ebenfalls.

»Ich wusste es. Meine Schwester berichtet mir regelmäßig, was in Lolland passiert.« Ulf seufzte. »Ich vermisse ihn sehr, aber ich denke mal, dass ich ihn und die ganze Familie Larsen schon seit zwölf Jahren vermisse.«

Ulf sah zu Klakke, der die ganze Zeit ungewöhnlich still war.

»Es war nicht meine Schuld, dass sie mich gerufen haben«, sagte Klakke zu seiner Verteidigung.

Ulf gab ein Knurren von sich. »Richtig, aber sie *haben* dich gerufen. Sie haben dich mit der Arbeit beauftragt, die ich bis dahin gemacht hatte – gut gemacht hatte, viele Jahre lang. Einen jungen Wichtel wie dich!«

Klakke war nicht gewillt, sich das im Sitzen anzuhören. Er richtete sich auf und stand kerzengerade da, und Bettina fand, dass er jetzt ganz anders aussah als noch wenige Sekunden vorher, als er sich ängstlich hinter ihr versteckt hatte.

»Es war deine eigene Nachlässigkeit, die dich in Schwierigkeiten gebracht hat!«, sagte er scharf.

Bettina sah ängstlich zu Ulf. Wie würde dieser ohnehin schon missmutige Wichtel auf den Vorwurf seines jüngeren Cousins reagieren?

Sehr zu ihrer Überraschung sah Ulf aber ganz niedergeschlagen aus. »Das stimmt«, gab er zu. »Ich habe nie geleugnet, dass die Schuld bei mir lag. Dennoch finde ich nach wie vor, dass die Strafe meinem Vergehen nicht angemessen war.«

Wenngleich Bettina auf keinen Fall Partei ergreifen wollte, musste sie doch zugeben, dass Ulf ganz offenbar eine äußerst harte Strafe für etwas erhalten hatte, das doch im Grunde nicht mehr war als ein Unfall.

»Ich kann überhaupt nicht verstehen, warum Gammel dich weggeschickt hat.«

»Oh, das hat er auch gar nicht«, sagte Ulf. »Ich bin freiwillig gegangen. Mein Vater wollte nicht glauben, dass das, was mit Kasper passiert ist, ein Unfall war.«

»Aber natürlich war es das! Du hättest doch Farfars Pferd nicht absichtlich Schaden zugefügt. Oder?« Bettina hielt die Luft an, bis Ulf antwortete.

»Natürlich nicht!«

Bettina erlaubte sich wieder zu atmen.

»Aber warum sollte dein Vater dann glauben, dass das so war? Dies ist jetzt die Gelegenheit für dich. Erzähl mir deine Version der Geschichte.«

Ulf rückte auf seinem Stuhl umständlich herum und setzte sich aufrecht hin.

»Also gut. Vor zwölf Jahren war bei den Larsens alles in bester Ordnung. Ich machte meine Arbeit so, wie ich das schon an die hundert Jahre getan hatte. Und die Begrüßung durch deinen Farfar, Bettina, war jeden Tag der Höhepunkt für mich. Eines schönen Frühlingstages brachten dann der junge Herr Larsen und seine Frau ein Baby mit nach Hause.«

»Mich?«, entfuhr es Bettina.

»Ja, genau«, fuhr Ulf fort. »Das warst du. Ich war überglücklich. Ich hatte schon miterlebt, wie dein Vater eintraf und sogar wie dein Großvater in diese Welt kam. Es gibt nichts Schöneres, als wenn eine Familie ein neues Baby

willkommen heißt. Und deine Ankunft war da keine Aus-
nahme.

Dein Großvater war unglaublich stolz. Er war derartig stolz,
dass er an diesem Tag nicht in die Scheune kam. So sehr
wollte er seine geliebte Enkelin sehen, dass er vergaß, mit
mir zu reden! Eine ganze Woche lang gab es keine einzige
Begrüßung, kein einziges Wort der Anerkennung von deinem Großvater. Ich war erschüttert. Ich hatte Angst, dass
es schlussendlich jetzt doch passiert sei.«

»Dass was passiert sei?«, fragte Bettina.

»Mir wurde schlagartig klar, Bettina, dass dein Großvater
jetzt genau wie die anderen Erwachsenen geworden war.
Er war zu der Überzeugung gelangt, dass es seine Wich-
telfreunde gar nicht gab.«

»Aber nein, Ulf! Das stimmt nicht! Farfar hat nie aufgehört, an euch zu glauben!«

»Mittlerweile weiß ich das«, sagte Ulf reuevoll. »Aber damals nicht. Die Abwendung deines Großvaters – oder was
ich für eine Abwendung hielt – traf mich härter als erwartet. Ich war so mit meinem Selbstmitleid beschäftigt, dass
ich vergaß, den Riegel an Kaspers Box zu überprüfen. Ich
hätte es tun sollen. Seit Beginn meiner Tätigkeit als Stallwichtel hatte ich sorgfältig jedes Schloss und jeden Riegel
kontrolliert. An diesem Tag jedoch nicht. Meinen schwarzen Gedanken nachhängend, kletterte ich auf den Heuboden und legte mich schlafen. Als ich wieder aufwachte, war
es zu spät.«

»Er war in das Futterlager gelangt«, schloss Bettina die Erzählung.

Ach, sie hatte Kaspers Geschichte nicht nur einmal, sondern schon tausendmal gehört. Farfar machte sich sein Leben lang die allergrößten Vorwürfe, dass er Kaspers Box nicht verriegelt hatte. Was passiert war, wurde auf dem Larsen-Hof immer wieder als warnendes Beispiel angeführt. Ein Pferd mit uneingeschränktem Zugang zu Futter frisst, ohne aufzuhören. Es kann den süßen Körnern einfach nicht widerstehen, deshalb erleidet es eine Kolik und stirbt, noch bevor es satt ist.

Ulf sah zu Boden. Er war ganz still.

»Aber das war nicht deine Schuld, Ulf.« Bettina versuchte ihn zu trösten. »Farfar war doch genauso nachlässig! Er war unkonzentriert und darauf bedacht, schnell wieder zu mir zu kommen. Du trägst nicht alleine die Schuld!«

Ulf sah zu ihr auf, die Augen voller Schmerz und Bedauern.

»Es ist Aufgabe des Stallwichtels, nach den Tieren zu sehen, ganz besonders dann, wenn die Menschen das nicht selbst machen können. Deinen Großvater trifft keine Schuld, Bettina. Es war mein Versehen, das zu Kaspers Tod geführt hat, meine Unkonzentriertheit – nicht seine.«

Bettina merkte, dass es sinnlos war, weiter darüber zu streiten. Ulf war felsenfest davon überzeugt, den Tod von Farfars geliebtem Pferd ganz alleine verschuldet zu haben. Eine Sache verstand sie aber immer noch nicht.

»Aber selbst wenn es deine Schuld war«, begann sie vorsichtig und betonte dabei das *Wenn*, »warum bist du weggegangen? Jeder, der mit den Umständen vertraut war, hätte dir doch vergeben.«

Ulf runzelte die Stirn, und auch Klakke wirkte jetzt unruhig. Offenbar hatte Bettina einen wunden Punkt berührt.

»Jeder, nur nicht mein Vater. Er hatte mitbekommen, wie ich mich über die Missachtung durch deinen Großvater beschwert habe. Er wusste, dass ich stinkwütend war, und meine heftige Reaktion bestürzte ihn. Er befürchtete sogar, ich hätte den Riegel *absichtlich* nicht vorgelegt, um mich an deinem Großvater zu rächen.«

Ulf wurde rot.

»Das stimmte nicht, aber es spielte keine Rolle. Ich hatte getan, was ein Stallwichtel niemals tun sollte, nämlich zuzulassen, dass eines seiner Stalltiere zu Schaden kommt.«

»Und die Strafe, von der du gesprochen hast?«, fragte Bettina.

»Ich wurde von meinem Posten entfernt«, sagte Ulf mit finsterer Miene.

Diesmal blieb Klakke ruhig. »Gammel sagte, ich solle kommen«, erklärte er. »Er holte mich aus Falster, damit ich Ulfs Arbeit übernehme.«

Bettina sah vom jungen Klakke zu seinem älteren Cousin. Ach, wie erniedrigend es für Ulf gewesen sein musste, durch den jüngeren und viel unerfahreneren Klakke ersetzt zu werden.

»So wie ich das sehe, wollte Gammel nicht, dass das für immer ist«, fuhr Klakke fort. »Ich denke, er wollte es nur für eine Weile. Damit für dich Zeit wäre, über alles nachzudenken.«

Ulf gab ein Schnauben von sich. »Als ob ich je an etwas anderes hätte denken können! Abgesehen davon war es ja schlecht möglich, dass ich dablieb und dabei zusah, wie *du* die Larsens versorgst«, sagte er zu Klakke. »Das wusste mein Vater genau.«

»Und deshalb bist du weg«, fuhr Bettina fort, die jetzt langsam zu verstehen begann. »Du hast Lolland verlassen und bist hierhergekommen, um alleine zu leben.«

Plötzlich fiel Bettina ein, dass Ulf ja nicht durchgängig weggeblieben war.

»Aber du bist zurückgekommen«, sagte sie. »Du warst ja erst kürzlich bei Gammel. Als du Pia mitgenommen hast!«

Ulf nickte. »Ich bin tatsächlich zurückgekommen. Aber nicht, weil ich Schabernack treiben wollte.«

Klakke machte ein Geräusch, das fast wie ein Räuspern klang.

Ulf ging nicht darauf ein.

»Pernilla ließ mir ausrichten, dass der Zeitpunkt jetzt wohl günstig wäre. Ihrer Ansicht nach war Gammel auf seine alten Tage milder gestimmt. Und um ehrlich zu sein, mache ich mir ja auch Sorgen wegen seines Alters. Er ist dreihundertzweiundneunzig. Wer weiß, wie lange er noch lebt.«

Bislang war Bettina nicht bewusst gewesen, dass Wichtel

ebenso Familienmitglieder verlieren konnten, wie sie ihren geliebten Farfar verloren hatte.

Ulf holte tief Luft. »Ich bin nach Lolland zurückgegangen, um endlich alles in Ordnung zu bringen. Aber dank unserem lieben Klakke hier lief nichts so wie geplant.«

Wahrheiten

Klakke sprang vom Kaminrand auf.

»Ich? Was habe ich denn getan? Du bist doch der, der mir Pia weggenommen hat?«

Ulf legte noch ein Holzscheit ins Feuer. Er schien es überhaupt nicht eilig zu haben, seine Version der Geschichte zu erzählen. Aber schließlich antwortete er.

»Setz dich, Klakke, und ich sage dir, wie es war.«

Klakke ließ sich nieder.

»Es war am Tag nach Weihnachten. Dem zwölften Weihnachtsfest, das ich allein hier in Askø verbracht habe. Für die Menschen ist das eine lange Zeit. In deinem Fall sogar ein ganzes Leben, Bettina.«

Bettina nickte.

»Und obwohl das in der Wichtelwelt eigentlich nicht mehr als ein Augenzwinkern ist, kam es mir im Grunde doch so lange vor wie ein ganzes Leben. Und ich fand, es sei an der Zeit, wieder zu meiner Familie zurückzukehren. An der Zeit, meinem Vater in die Augen zu blicken und ihn meine Reue und meinen Kummer erkennen zu lassen.

Als ich nach Lolland kam, war der Raureif einfach atemberaubend. Ich ging durch den Wald und erfreute mich an dieser Pracht. Mir fiel ein, wie sehr Farfar den Raureif geliebt hat, Bettina, wie gesprächig er seinem Wichtel gegenüber an solchen Tagen immer war – denn wer kann einen Raureif erleben, ohne fest daran zu glauben, dass um einen herum alles voller Magie ist? Aufgrund dieser Erinnerungen beschloss ich, zunächst zu den Larsens zu gehen. Ich wollte sehen, wie groß die kleine Bettina mittlerweile ist und ob sie irgendwie vielleicht ihrem Großvater ähnelt.

Ich kam also zum Larsen-Hof und alles war still. Zu still. Obwohl es noch früh war, stieg aus dem Schornstein kein Rauch auf. Ich sah, dass kein Auto dastand, und fragte mich, ob die Familie die Feiertage vielleicht woanders verbrachte.

Ich schlich mich ins Haus und lauschte. Einige Geräusche, die von oben aus dem Kinderzimmer kamen, waren gut einzuordnen, andere hingegen nicht. Pernilla hatte mir berichtet, dass die Familie ein zweites Kind bekommen hatte – noch ein süßes Töchterchen. Waren die Mädchen etwa alleine zu Hause? Kein Wunder, dass das Feuer ausgegangen war! Ich begab mich in die Holzkammer und entfachte es aufs Neue.«

»Du hast Feuer gemacht?«, fragte Bettina, die sich daran erinnerte, wie sie aufgewacht war und das Haus warm vorgefunden hatte.

Ulf nickte.

»Danke«, sagte Bettina.

Ein verstohlenes Lächeln huschte über Ulfs Gesicht. »Es war ein schönes Gefühl, wieder einmal etwas für die Larsens tun zu können. Aber ich wusste, dass ich als Nächstes in der Scheune nach Klakke sehen musste. Warum hatte mein Cousin in der Nacht das Feuer ausgehen lassen?«

»Du hast mich kontrolliert?«, fragte Klakke empört.

»Mir war klar, dass irgendetwas nicht stimmte, sonst hättest du das Feuer nicht vernachlässigt. Und als ich in die Scheune kam, sah ich, dass auch die Tiere nicht versorgt waren. Aber du hieltest dich oben auf dem Heuboden versteckt und hast geschmollt.«

Klakke errötete leicht. »Ich ... ich ... ich fühlte mich ein wenig vernachlässigt. Ich hatte am Weihnachtsabend meinen Reispudding nicht bekommen.«

Ohne auf dieses Geständnis seines Cousins einzugehen, fuhr Ulf fort. »Und wer wüsste besser als ich, was auf dem Spiel steht, wenn man sich dem Selbstmitleid hingibt? Ich versorgte also die Tiere und ging in den Wald. Vielleicht würde ich ja Gammel überreden können, dass er mir meine alte Stelle bei den Larsens wiedergibt.«

Klakkes rote Bäckchen wurden schlagartig bleich. Auch Bettina wurde unruhig. Hätte Ulf wirklich für Klakkes Ablösung gesorgt, nur weil der sich wegen seines Weihnachtspuddings aufregte?

»Ich spazierte ein wenig durch den Raureif und überlegte

mir, was ich sagen sollte. Aber je länger ich ging, desto weniger gefiel mir mein Plan. Waren wir beide denn wirklich so verschieden, Klakke? Hatte ich nicht vielmehr dasselbe getan, als ich vergaß, den Riegel an Kaspers Box zu kontrollieren? Nämlich geschmollt? Der einzige Unterschied zwischen uns war, dass du Glück hattest und ich Pech.

Und beim Nachdenken über dieses Pech kamen mir Zweifel, ob ich die Versöhnung mit meinem Vater wirklich anstreben sollte. Würde er mich jetzt willkommen heißen? Hatte ich denn nicht bewiesen, dass ich ein unzuverlässiger Stallwichtel war, einfach weil ich weglief und mich versteckte, anstatt die Verantwortung für meinen Fehler zu übernehmen? Stundenlang saß ich unter einem Farn bei der großen Eiche, während mir immer mulmiger wurde und ich mich fragte, ob ich nicht einfach wieder zurück nach Askø gehen sollte. Und dann bist du aufgetaucht, Klakke.«

»Mit der kleinen Pia.«

»Mit Pia, genau. Als du sie an der großen Eiche abgelegt hast und hineingegangen bist, wollte ich meinen Augen nicht trauen. Du hattest ein Menschenbaby gestohlen? Ja, schlimmer noch: Du hattest es auf den kalten Boden gelegt und alleine gelassen? Ich wusste, dass ich schnell sein musste. Es war die ideale Gelegenheit. Wenn ich das Baby ein oder zwei Tage bei mir behalten würde, könnte ich es Gammel zurückbringen und sagen, ich hätte es im Wald gefunden – was ja nicht gelogen war –, und dann wäre ich der Held, der alles wieder ins Lot gebracht hätte. Dann würde Gammel mich mit Sicherheit willkommen heißen.«

Klakke gab auf seinem Kaminrand ein Ächzen von sich und legte den Kopf in die Hände. Bettina war klar, dass er zutiefst bereute, Pia als Erster geraubt zu haben. Doch so großes Mitleid sie mit Klakke auch hatte, konnte sie ziemlich gut nachvollziehen, dass Ulf dem jungen Wichtel eine Lektion erteilen wollte. Es war töricht und falsch gewesen, die kleine Pia zu rauben, auch wenn er ihr eigentlich gar nichts anzutun gedachte.

»Also habe ich Pia hierher mitgenommen und seither sehr gut auf sie aufgepasst.«

»Aber warum hast du sie dann nicht wieder zurückgebracht?«, fragte Bettina, denn Ulf hatte ja soeben erzählt, dass er Pia nur für ein oder zwei Tage behalten wollte.

»Das hatte ich ja vor, aber gerade als ich aufbrechen wollte, tauchte mein Schwager auf.«

Bettina hatte völlig vergessen, dass Hagen den guten Ulf gestern besucht hatte!

»Und warum hast du Pia dann nicht ihm mitgegeben?«, fragte sie.

Ulf sah vor sich auf den Holzboden. »Ich war überhaupt nicht erfreut, Hagen zu sehen. Es war mein Vater, den ich eigentlich treffen wollte, und das Gespräch verlief nicht besonders positiv. Er sagte, ich hätte durch Pias Entführung mein Verhältnis zur Larsen-Familie noch mehr belastet.

Genau deshalb hat mein Vater ja auch dich geschickt, Bettina. Ihm war klar, dass unsere Vater-Sohn-Beziehung erst dann gerettet werden kann, wenn ich mit dir alles in Ordnung gebracht habe.«

Aus dem Bettchen kam ein leises und zufriedenes Gurren, und Pias Augenlider begannen zu zucken. Klakke sprang auf.

»Darf ich?«, bat Bettina, denn das Herz tat ihr weh und Pia war so nah.

»Aber natürlich.«

Ohne auch nur eine Sekunde Zeit zu verlieren, hob Bettina ihr Schwesterchen aus dem Bett. Pia war immer noch in die Decke aus Distelhaar eingewickelt und somit das weichste, wärmste und wunderbarste Ding, das Bettina je in Händen gehalten hatte.

Als Pias verschlafene Äuglein die ältere Schwester erkannten, wachte die Kleine vollends auf. Sie lachte und berührte Bettinas Gesicht. Bettina drückte das kleine Mädchen fest an sich.

»Es tut mir leid«, sagte Bettina zu Ulf. »Es tut mir leid, dass ... dass du das alles durchmachen musstest. Es ist unfair, dass jemand wegen eines einzigen Fehlers so viel erleiden muss. Aber ich habe auch gelitten, denn meine Schwester war ja verschwunden.« Sie machte vorsichtig einen Schritt in Richtung Tür und überlegte dabei, mit welchen Worten sie dieses Gespräch beenden und gleichzeitig das Haus verlassen konnte.

Pia fest im Arm haltend, sagte sie dann einfach gerade-
heraus, was sie wollte.

»Ich würde jetzt gern gehen und Pia nach Hause bringen.
Meine Eltern werden ...«

Ulf hob die Hand, um ihr Einhalt zu gebieten.

»Nein. Zuerst musst du mir helfen.«

Bettinas Freude über die Entdeckung ihrer Schwester
machte neuen Ängsten Platz. Sie drückte Pia ein wenig
fester an sich.

»Aber ich weiß doch nicht, wie ich dir helfen kann, Ulf.
Die Vergebung der Familie Larsen hast du, wenn es das ist,
was du brauchst. Ich bin überzeugt davon, dass du Kasper
keinen Schaden zufügen wolltest, und ich gebe dir nicht
die Schuld an seinem Tod. Alles, was ich jetzt will, ist, Pia
nach Hause zu bringen.«

»So hör doch, Bettina. Bei meinen Bemühungen um eine
Versöhnung mit meiner Familie habe ich alles nur noch
schlimmer gemacht. Ich muss mittlerweile nicht nur für
das geradestehen, was vor vielen Jahren mit Kasper passiert ist, sondern *außerdem* noch erklären, warum ich jetzt
ein Baby auf Askø versteckt gehalten habe!«

Bettina fand Ulfs Verzweiflung langsam ziemlich anstrengend. Ein altes Sprichwort, eines von Farfars liebsten, ging
ihr durch den Kopf. *Du hast dir die Suppe eingebrockt, jetzt
musst du sie auch auslöffeln.* Ulfs eigenes Handeln hatte ihn
in die Klemme gebracht, in der er jetzt steckte. Er hätte Pia
einfach nicht mitnehmen sollen.

Trotzdem, wie lange sollte jemand zum Auslöffeln gezwungen sein? Bis in alle Ewigkeit?

»Aber wie kann ich dir denn helfen?«, fragte Bettina, ohne dabei recht zu wissen, ob sie das überhaupt wollte.

Ulf begann, auf den Holzdielen hin- und herzugehen. Mit jedem Schritt wurde seine Verzweiflung deutlicher, bis er schließlich stehen blieb und seinen Wünschen Ausdruck verlieh.

»Geh zu meinem Vater und sage ihm, wir hätten uns getroffen und du hättest mir vergeben, dass ich Klakke deine Schwester weggenommen habe.«

Bettina lauschte gespannt.

»Und dann sagst du ihm, du würdest mir glauben, dass ich damals die Box nicht absichtlich offen gelassen habe. Und dass ich nicht weggelaufen bin, weil ich ein schlechtes Gewissen hatte, sondern weil ich nicht mit ansehen konnte, wie jemand anderes die Arbeit erledigt, für die von Natur aus eigentlich ich bestimmt war. Und weil ich nicht mit ansehen konnte, wie enttäuscht mein Vater war.«

Dieses Gefühl kannte Bettina. Obwohl sie ihren Vater nur ganz selten enttäuscht hatte, war ihr jedes einzelne Mal tief ins Gedächtnis eingebrannt – allein der Gedanke daran trieb ihr die Schamesröte ins Gesicht. Und jetzt, während der Sekundenzeiger erbarmungslos die Zeit bis zur Rückkehr ihrer Eltern wegfraß, riskierte Bettina, sie auf die unvorstellbarste aller Arten zu enttäuschen. Sie musste Pia unbedingt nach Hause bringen. Und wenn das bedeutete, dass sie dafür Ulf helfen musste, dann war das eben das Gebot der Stunde.

»Also gut, Ulf«, sagte Bettina. »Ich werde zu Gammel gehen, und ich werde tun, was in meiner Macht steht, damit du wieder zu deiner Familie kannst.«

Ulfs Mundwinkel verzogen sich zum winzigsten aller Lächeln, und Bettina konnte zum ersten Mal eine Ähnlichkeit mit der Familie feststellen. »Danke, Bettina Larsen. Ganz herzlichen Dank!«

»Wir gehen dann besser mal«, sagte Bettina und bewegte sich in Richtung Tür. »Sag auf Wiedersehen, Pia!«

»Halt!«, rief Ulf.

Bettina runzelte die Stirn. *Was denn jetzt noch?*

»Du kannst gehen. Aber Pia bleibt hier.«

»Wie bitte?« Bettina traute ihren Ohren nicht.

»Wenn du wieder zu Hause bist – weshalb solltest du dann wirklich dein Wort halten und mit Gammel reden?«

Bettina versprach hoch und heilig, das zu tun, doch Ulf ließ sich nicht überzeugen.

»Nein«, sagte er. »Das Kind bleibt da.«

Bettina sah zur Türe und dann wieder zu Ulf. Sie hatte Pia bereits auf dem Arm. Sie konnte einfach hinausgehen, von hier flüchten. Aber dann? Es war überhaupt nicht abzusehen, wann oder wie sie ihre normale Größe zurückgewinnen würde. Und wenn sie das Haus verließ und klein blieb, wüsste sie auch gar nicht, wie sie reisen sollte. Im Grunde konnte sie das Baby erst dann hinaus in den eisigen Regen schleppen, wenn sie absolut sicher war, wie die Heimkehr nach Lolland zu bewerkstelligen sei.

Dann hatte Bettina eine Idee. »Pia kann bleiben«, sagte sie, »wenn Klakke ebenfalls hier bleibt.«

Klakke riss die Augen auf. »A-aber ...«, stotterte er.

»Klakke«, sagte sie mit flehender Stimme. »Dich kenne ich am besten, und dir vertraue ich am meisten. Bitte bleib hier und sorge dafür, dass es Pia an nichts fehlt.«

Klakke verzog den Mund von links nach rechts, als würde er überlegen, welche Möglichkeiten er hatte. Da streckte die kleine Pia ein pummeliges Ärmchen nach dem bekannteren der beiden Wichtel aus und strahlte über das ganze Gesicht.

»Na gut«, sagte Klakke und sah lächelnd zu Pia.

Ulf legte die Stirn in Falten. Erneut wurde Klakke bevorzugt behandelt. Bettina wartete darauf, dass der Wichtel ihrem Kompromissvorschlag zustimmte.

»Wenn es das ist, was du willst ...«, fing er an.

»Also abgemacht«, fiel ihm Bettina ins Wort. »Ich gehe alleine und werde so schnell wie möglich zurück sein.«

Das schien Klakke zu amüsieren.

»Alleine!« Er lachte. »Hast du denn immer noch nicht kapiert, dass man im Wald und auf den Wiesen so gut wie nie alleine ist?«

Aussichten

Bettina war nicht bloß traurig, als sie Askø ohne Pia verlassen musste – sie war vollkommen außer sich vor Sorge. Während sie durch den Wald auf die grasbewachsenen Felder zumarschierte, fragte sie sich, ob sie wirklich das Richtige getan hatte. Aber was war ihr denn anderes übrig geblieben? Ulf hielt Pia als Pfand. Er würde sie nur gegen die Vergebung seines Vaters eintauschen, und Bettinas Aufgabe war es, diese zu beschaffen. Wenigstens war Klakke auch dort. Dieser Gedanke bot immerhin ein kleines bisschen Trost, während sie weiter auf den Hafen von Askø zumarschierte.

Alles in allem schienen sich Bettinas Probleme aber zu vervielfachen. Sie hatte keine Ahnung, wie sie zurück nach Lolland gelangen sollte. Eine Möglichkeit könnte sein, sich auf der alten, grünen Askø-Fähre zu verstecken. Aber um an Bord zu kommen, müsste sie bei ihrer jetzigen Größe an einem der Taue hochklettern, was hieß, dass sie hoch über dem eiskalten Wasser baumeln würde. Ihre Hände waren bereits jetzt ganz rot und austrocknet von der Kälte.

Konnte sie sich wirklich darauf verlassen, dass sie das auch aushielten?

Sie wusste, dass der Fährmann kurz vor der Abfahrt die Rampe für die Autos und Fußgänger herunterlassen würde. Doch so wenige es zu dieser Jahreszeit vermutlich gab, kam ihr das Herumhuschen zwischen Autoreifen und Menschenfüßen dennoch genauso gefährlich vor wie das Emporhangeln an einem Seil.

Bettina wurde aus ihren Gedanken gerissen. Hinter ihr raschelte etwas im trockenen Laub, das die Schotterstraße säumte. Sie hielt an. Und lauschte angestrengt. Nichts. Sie ging weiter und hörte hinter sich das Trapsen kleiner Stiefel auf den Steinen. Schnell drehte sie sich um, doch da war nichts als die leere Straße.

Bettina beschloss, sich schneller zu bewegen, und fing an zu laufen. Aber das Trapsen der Füße war jetzt noch deutlicher zu hören als vorher, und wer immer ihr auch folgte, schien problemlos mit ihrem Tempo mithalten zu können. Und dann hörte sie eine Stimme.

»Du wärst ein guter Wichtel – ehrlich«, sagte die Stimme.

Bettina ging wieder langsamer. »Hallo?«

Sie sah nach rechts und nach links, und als sie wieder nach vorne blickte, stand direkt vor ihr eine junge Wichtelfrau.

»Ich weiß, dass du kein Wichtel bist, trotz deiner jetzigen Größe«, sagte die Wichtelfrau. »Aber du bewegst dich fast so schnell wie wir, deshalb könntest du ohne Weiteres eine von uns sein.«

»Danke«, sagte Bettina.

»Aber gerne doch.«

Bettina versuchte, das Wichtelmädchen anzusehen, ohne allzu sehr zu starren oder sonstwie unhöflich zu wirken. Es war so groß wie die meisten anderen Wichtel, wenngleich weniger rundlich als Pernilla und eher nach Männer-Art gekleidet. Es trug rote Leggings, braune Stiefel und einen langen braunen Mantel mit Distelhaarbesatz. Auf dem Kopf hatte es eine spitze, rote Mütze, unter der ganz in der Art von Pernilla zwei blonde, sorgfältig geflochtene Zöpfe hervorlugten.

Bettina streckte die Hand aus und stellte sich vor.

»Ich weiß, wer du bist«, sagte das Wichtelmädchen mit einem Augenzwinkern. »Du bist unter den Lolland-Wichteln fast schon eine kleine Berühmtheit, Bettina Larsen.«

»Bist du denn auch aus Lolland?«, fragte Bettina.

»Nein, aber ich habe dort Verwandte«, erwiderte ihr Gegenüber, ohne sich vorzustellen. »Und wenn es dir nichts ausmacht, würde ich dich gerne nach Lolland begleiten.«

»Nur allzu gern!«, sagte Bettina. Dieser neue Wichtel kam ihr unglaublich vertraut vor, und sie fühlte sich, als seien sie schon seit Jahren die allerbesten Freundinnen.

Ihre kurzen Beine verfielen beim Weitergehen in einen Gleichschritt.

»Was machst du denn hier auf Askø?«, fragte Bettina nach einiger Zeit.

»Ach, einfach nur dies und das.«

Bettina wurde immer neugieriger, denn was gab es denn auf einer eiskalten Insel mitten im Winter zu tun? Aber ganz offensichtlich war ihrer Weggefährtin nicht nach Reden zumute. »Wenn du Verwandte auf Lolland hast, dann kennst du ja vielleicht auch Gammel«, rätselte Bettina laut.

Das Wichtelmädchen kicherte.

»Ist das eine dumme Frage? Und kennst du eine Wichtelfrau namens Pernilla? Sie hat zwei kleine Kinder, Tika und Erik.«

Wieder lachte das Mädchen, sagte aber nichts.

»Und was ist mit Klakke? Kennst du den? An ihn würdest du dich mit Sicherheit erinnern!«

Hier blieb das Wichtelfräulein stehen, setzte sich auf einen großen Stein und lachte, bis es sich die Tränen aus dem Gesicht wischen musste.

»Aber natürlich kenne ich Klakke!«, sagte es, als normales Sprechen wieder möglich war.

Bettina betrachtete das Wichtelmädchen, ohne recht zu verstehen, was daran jetzt so lustig sein könnte. Plötzlich fiel ihr etwas auf.

»Weißt du, irgendwie ähnelst du Klakke ein bisschen. Kann es sein, dass du Klara bist?«

»Na, dafür hast du ja ganz schön lange gebraucht.«

Klara stand auf und umarmte Bettina. »Verzeih bitte. Ich hätte mich gleich vorstellen sollen, aber den Spaß wollte ich mir dann doch erlauben.«

Wenn Bettina je Zweifel gehabt hätte, dass Klara die

Schwester von Klakke war, dann hätte der soeben erlebte Schabernack diese endgültig zerstreut!

Während die beiden sich der Küste von Askø näherten, erläuterte Klara, warum sie sich in Wahrheit auf der Insel aufhielt. Ihre Eltern hatten sie von Falster aus losgeschickt, um Klakke ein paar Anziehsachen und Geschenke zu bringen. Doch als sie den Larsen-Hof erreichte, war ihr Bruder nirgends zu sehen gewesen. Stattdessen hatte sie einen Zettel gefunden, auf dem etwas über ein gestohlenes Kind und eine Reise zu Ulf stand. Sie musste sich fragen, in was für ein Durcheinander sich Klakke da wohl hineinmanövriert hatte.

»Im Wald entdeckte ich ihn, als er gerade die Lichtung betreten wollte. Und fast entfuhr mir ein Warnschrei, als ich sah, dass er verfolgt wurde«, berichtete Klara.

»Ich war die, die ihn verfolgt hat!«, sagte Bettina.

»Genau. Und es sah ganz danach aus, als würdest du ihn gleich schnappen, deshalb habe ich so schnell wie möglich eine Möwe gerufen. Ich habe ihr gesagt, wo Klakke hinwill, und schon war er auf und davon!«

»*Du* hast deinem Bruder das angetan?«, fragte Bettina.

»Ich wollte ihm ja helfen. Und es hat funktioniert, oder nicht?« Klara zuckte die Achseln. »Er wird sich schon noch bei mir bedanken.«

»Und dann?«

»Dann bin ich dir nach, als du bei Gammel warst, und habe arrangiert, dass die Pedersen-Gans dich abholt. Und dann bin ich mit der nächsten nordwärts fliegenden Möwe ebenfalls hergekommen.«

Bettina war begeistert! Es schien, als hätte Klara zwar genauso viel Unfug im Kopf wie Klakke, gleichzeitig aber doch auch ein bisschen mehr Verstand.

»Ich habe über etwas nachgedacht«, gab Bettina zu. »Was denkst du, wie ich – oder wir – über das Meer nach Lolland kommen?«

Klara kicherte. »Ihr Menschen macht einfach aus allem ein Problem!«

Und tatsächlich – als sie die Küste erreichten, ließ Klara die Fähre links liegen, streckte stattdessen einen Arm in die Höhe und bewegte ihn über ihrem Kopf hin und her.

»Du auch«, befahl Klara, woraufhin Bettina sofort gehorchte und mit ihrem Arm die gleiche Bewegung machte. Es dauerte nicht lange, da kamen zwei Möwen direkt auf sie zu gesegelt. »Das ist jetzt nicht dein Ernst, oder?«, sagte Bettina.

Kreischend duckte sie sich und bedeckte den Kopf mit den Händen, denn sie befürchtete, gleich von einem scharfen Schnabel aufgeschnappt zu werden. Aber einer der Vögel landete vor ihr, kreischte einmal kurz und deutete mit dem großen, weißen Kopf auf seinen Rücken.

Der Vogel kreischte noch einmal und wiederholte die Geste. Klara war bereits auf den Rücken ihrer weißgrauen Möwe geklettert, die jetzt über ihre Startbahn aus gefrorenem Sand lief.

»Beeil dich!«, rief Klara nach hinten über die Schulter. »Sonst fliegt sie ohne dich los!«

Bettina schwang sich hinauf, woraufhin die Möwe keine Zeit verlor und sofort zum Abheben ansetzte.

Dieser Vogel war nicht so weich wie die Gans der Pedersens, und Bettina fand den Flug anstrengend und sogar richtiggehend unangenehm. Da es außerdem auch noch regnete und der Wind blies, konnten die beiden Mädchen sich während des Fluges nicht unterhalten.

Bettina schloss die Augen und hielt sich fest.

Gut war, dass die Möwe schneller flog als die Gans, und so dauerte es nicht lange, bis sie sich über dem gefrorenen Wald von Lolland befanden und auf der Lichtung landeten, wo Klakke aufgeschnappt worden war. Falls es sich hier um die gleiche Möwe handelte, die auch Klakke mitgenommen hatte, dann war Bettina dankbar, dass ihr Transport viel sanfter war als seiner! Wobei sie das nicht mit Sicherheit sagen konnte, schließlich sahen diese krummschnäbeligen Seevögel alle gleich aus.

Die Mädchen winkten ihren gefiederten Taxis zum Abschied und gingen dann durch das hohe Gras auf den Wald zu. Zu ihrer großen Freude merkte Bettina, dass es hier noch immer Raureif gab. So karg und kahl Askø gewesen war, so millionenfach war Lolland mit glitzernden Kristallen aus gefrorenem Nebel übersät.

Während Bettina vorwärts ging, geschah etwas Seltsames. Die hohen, braunen Grashalme um sie herum wurden im-

mer kleiner. Mit jedem Schritt erhob sich ihr Kopf höher über den Erdboden, und sie stellte fasziniert fest, dass sich ihre Füße nach und nach ausdehnten. Sie wuchs wieder zu ihrer normalen Größe heran. Als sie am Horizont schließlich die Felder von Lolland erkennen konnte, sah sie nach unten zu ihrer Gefährtin.

Klara stand da und war noch kleiner, als Bettina gedacht hatte. Kaum zu glauben, dass auch sie jemals derart winzig gewesen war.

Bettina runzelte die Stirn. Sie hatte gehofft, so lange klein zu bleiben, bis sie Gelegenheit gehabt hätte, mit Gammel zu sprechen und zurück nach Askø zu reisen. Eines schien zumindest sicher zu sein: Ihre Körpergröße war derzeit etwas, über das sie keinerlei Kontrolle hatte. Sie konnte nur hoffen, dass in dem Moment, in dem sie unter der großen Eiche stand, der alte Schrumpftrick ein weiteres Mal funktionieren würde.

»Schau nicht so wie drei Tage Regenwetter«, rief Klara zu ihr herauf. »Wir können trotzdem zusammen gehen.«

Bettina stapfte also weiter wie bisher, während Klara als roter Fleck dahinraste, der manchmal neben Bettina war und sie manchmal auch überholte.

Am Waldrand bemerkte Bettina, dass es langsam Abend wurde. Was hatte sie nicht alles erlebt, seit sie an diesem Morgen aufgebrochen war, um Klakke zu suchen? Konnte es wirklich möglich sein, dass an einem einzigen Tag so viele Dinge passiert waren?

Sie war froh, wieder in vertrauter Umgebung zu sein, und noch mehr freute sie sich – zugegebenermaßen –, wieder ihre normale Größe zu haben. Sie staunte, welch riesige Fußstapfen sie auf dem verschneiten Waldweg hinterließ, und obwohl sie bei Weitem nicht so schnell wie Klara dahinflitzte, konnte sie doch mit einem einzigen Schritt eine ordentliche Strecke zurücklegen.

Vielleicht sah sie ihn nicht, weil sie ständig nach unten blickte. Vielleicht musste sie aber auch einfach über zu viele Dinge nachdenken und vergaß deshalb völlig, dass ihr Nachbar Rasmus Pedersen ja genau wie sie auf diesem Waldweg gehen könnte.

Wobei sie es nur so lange vergaß, bis sie um eine gewaltige Tanne bog und mit ihm so fest zusammenprallte, dass sie sich an seiner kratzigen Wolljacke fast das Gesicht aufschürfte.

Hindernisse

»Na sieh mal einer an!«

Herr Pedersen grinste und war offenbar überglücklich, seiner jungen Nachbarin gegenüberzustehen. Er streckte Bettina die rechte Hand entgegen, und sie schüttelte sie so höflich wie furchtsam, denn sie wusste, was seine nächste Frage sein würde.

»Bist du alleine?« Na also, da war sie schon.

»Ja«, erwiderte Bettina in Bezug auf Pia, nach der ihr Nachbar ja fragte, wobei sie gleichzeitig hoffte, dass Klara sich jetzt bloß nicht blicken ließ. »Ich habe Pia daheim schlafen lassen, während ich ...«

Sie brach ab. Warum sollte sie sich in der Abenddämmerung im Wald herumtreiben? Sie müsste eigentlich daheim sein und das Abendessen vorbereiten. Natürlich, das war die Lösung!

»Während ich Winterkräuter für den Salat gesammelt habe. Haben Sie gewusst, dass sich selbst im Dezember die herrlichsten Winterkräuter unter dem Schnee verbergen? Etwa Vogelmiere, Taubnessel oder Wiesenkerbel«, referierte sie aus dem Gedächtnis und war stolz, sich an jedes Wort von Hagen erinnern zu können.

»Ich bin beeindruckt«, sagte Herr Pedersen und warf gleichzeitig einen misstrauischen Blick auf Bettinas Hände.

»Ich, ähm ...«, stammelte Bettina. »Ich hatte bislang nicht viel Glück.«

Herr Pedersen nickte. »Ich geh dann mal wieder nach Hause. Als ich weggegangen bin, hat Frau Pedersen ein Zwiebelgulasch gekocht, das hat vielleicht lecker gerochen!«

Er begann zu strahlen. »Sag, warum kommt ihr beide, du und Pia, nicht zu uns zum Abendessen? Ich bin sicher, Lisa hat genug für alle gemacht.«

»Oh, danke, Herr Pedersen. Das ist aber nett.«

Bettina spürte unter der Daunenjacke ihr Herz schlagen. Der Schal fühlte sich auf einmal kratzig und viel zu warm an.

»Es ist nur so, dass ich schon eine Suppe auf dem Herd habe. Ich wollte nicht, dass sie schlecht wird. Und ich muss jetzt dringend zu Pia, bevor sie aufwacht und merkt, dass sie alleine ist. Auf Wiedersehen, Herr Pedersen. Und danke noch mal für die Einladung.«

Noch während sie redete, ging sie den Waldweg weiter und ließ ihren Nachbarn stehen.

Herr Pedersen wandte sich ebenfalls zum Gehen. Noch ein paar Schritte und sie würde außer Sichtweite sein, aber er schien noch eine weitere Frage zu haben.

»Bettina?«

Sie hielt an. »Ja, Herr Pedersen?«

»Bist du wirklich sicher, dass bei euch alles in Ordnung ist?«

Bettina drehte sich um und setzte ihr schönstes Lächeln auf. »Oh ja. Besser könnte es gar nicht sein.« Unter den gegebenen Umständen war das nicht wirklich gelogen. »Aber jetzt geh ich mal besser. Zu Pia. Und zur Suppe. Bitte richten Sie Frau Pedersen einen schönen Gruß aus.« Bevor der Nachbar reagieren konnte, eilte Bettina auf ihr Haus zu. Sie wartete, bis Herr Pedersen nicht mehr zu sehen war, dann machte sie kehrt und ging wieder in Richtung der großen Eiche. Klara war nirgends zu sehen, und Bettina hatte Angst, nach ihr zu rufen. Es konnte ja sein, dass Herr Pedersen noch im Wald war und sie hörte.

Am Himmel zeigte sich jetzt nicht mehr das Hellgrau der Abenddämmerung, sondern das Dunkelgrau der einbrechenden Nacht, deshalb machte Bettina sich Sorgen, dass sie die Tür unter der Wurzel vielleicht gar nicht finden würde. Aber als sie dann flach auf dem Bauch lag und die Blätter beiseiteschob, gab es gerade noch so viel Licht, dass die kleine Türe zu sehen war. Sie hob den Türklopfer an und ließ ihn fallen.

Ein langes Schweigen folgte. Bettina wollte gerade ein zweites Mal klopfen, als die Türe aufging und Gammel heraustrat. Er trug Nachtgewand samt Schlafmütze und hielt ein großes Glühwürmchen in der Hand, dessen flackerndes Licht den Raum unter der Wurzel erhellte.

»Bettina, mein liebes Kind. Ich hatte gehofft, du würdest heute Abend vorbeikommen. Wir sind gerade am Aufstehen.«

Der alte Wichtel reckte den Hals und hob sein Licht, um an Bettina vorbeisehen zu können. »Du bist alleine, oder?« Bettina nickte. Dachte er vielleicht, sie hätte Pia bei sich? Oder sonst irgendjemanden? Sie hätte Klara erwähnen können, nur wollte die vielleicht gar nicht, dass Gammel erfuhr, was sie so trieb. Apropos: Wo steckte das Wichtelmädchen denn überhaupt? Wobei es Bettina irgendwie so vorkam, als sei sie gar nicht weit weg.

»Na, dann komm mal rein und erzähle, wie es dir ergangen ist.«

Die Welt der Wichtel zu betreten und wieder zu verlassen, war für Bettina mittlerweile so normal geworden, dass sie gar nicht mehr groß darüber nachdenken musste. Diesmal lehnte sie jedoch ab.

»Können wir nicht lieber hier draußen reden?« Bettina wusste, dass Pernilla ihr drinnen zunächst eine Tasse heißen Cider-Punsch anbieten würde und dann für sie ein kuscheliger Alkoven bereitstünde, in dem sie bis zum nächsten Morgen selig schlummern könnte.

»Aber natürlich«, sagte Gammel und zog die Haustüre hinter sich zu. »Dann mal los. Hast du deine Schwester und unseren Klakke bei Ulf gefunden?«

»Ja, das habe ich.« Bettina berichtete ausführlich von ihrer Begegnung auf der Insel Askø. Gammel war hocherfreut, dass es Pia und Klakke gutging, und er dankte Bettina dafür, dass sie Klakke aus dem Baum befreit hatte. Als sie fertig war, gab es eine lange Pause. Gammel schien nachzudenken, dann schließlich fragte er nach Ulf.

Ohne lang um den heißen Brei herumzureden, sagte Bettina, um was es eigentlich ging.

»Dein Sohn möchte wieder nach Hause kommen.«

»Aha«, war alles, was Gammel dazu sagte.

Bettina redete weiter. Sie erzählte, wie traurig Ulf über Kaspers Tod sei und dass er überhaupt keinen Schaden hatte anrichten wollen. Voller Leidenschaft vertrat sie Ulfs Sache, um Gammel so weit zu bringen, dass Ulf heimkommen durfte. Während sie sprach, wurde ihr klar, dass sie wirklich fand, er verdiene eine zweite Chance.

Gammel stand ganz ruhig da und hörte aufmerksam zu. In seinem langen, weißen Nachthemd und mit der Schlafmütze auf dem Kopf sah er jetzt wirklich alt aus – 392 Jahre eben. Das Licht des Glühwürmchens ließ jede der vielen Falten erkennen, die Freud und Leid in seinem Gesicht hinterlassen hatten. Vielleicht hatte Ulf ja recht. Vielleicht war es tatsächlich allerhöchste Zeit, dass dieser Vater und sein Sohn ihren Streit endlich beilegten.

»Ich habe Ulf verziehen, dass er Pia von hier mitgenommen hat«, sagte sie. »Genau wie ich Klakke verziehen habe, dass er sie aus unserem Garten gestohlen hat. Farfar hat mir viele Sachen beigebracht ...«

Gammel nickte. »Das stimmt in der Tat.«

»Aber vor allem hat er mich gelehrt, was Güte ist. Er für seinen Teil hätte Ulf die Sache mit Kasper verziehen. Wenn er Bescheid gewusst hätte, hätte er das getan. Da bin ich mir hundertprozentig sicher.«

Gammel hörte aufmerksam zu, was Bettina zu sagen hatte. Als sie fertig war, kam es ihr vor, als sei es ihr tatsächlich gelungen, den alten Wichtel für seinen Sohn einzunehmen. Doch als er dann sprach, riss es ihr fast das Herz in zwei Hälften.

»Verzeih, liebes Kind«, sagte Gammel so leise wie bestimmt, »aber dich für meinen Sohn einzusetzen, liegt nicht in deiner Verantwortung. Ulf hätte dir deine Schwester zurückgeben und selbst zu mir kommen müssen, um die Dinge wieder ins Reine zu bringen. Nichts Wertvolleres gibt es, als dass jeder für seine Fehler selbst geradesteht.«

»Ja, ich weiß, aber ...«

Gammel hob die Hand, um Bettina zum Schweigen zu bringen. »Du hast getan, worum ich dich gebeten habe, und du hast außerdem getan, worum Ulf dich gebeten hat. Ich bin sicher, dass er dir Pia jetzt zurückgibt, ohne weitere Schwierigkeiten zu machen. Wenn du meine Hilfe brauchst, um am Morgen wieder nach Askø zu kommen, sag einfach Bescheid.«

Und damit ging er ins Haus und war nicht mehr zu sehen.

Der Wald war jetzt vollkommen dunkel. Bettina stand da und blickte in Richtung des Larsen-Hofs. Sie war frustriert, und ihr war kalt. Wie konnte Gammel nur so stur sein? Sein reuiger Sohn wollte sich mit ihm aussöhnen und ein zwölfjähriges Zerwürfnis beenden. Warum konnte er nicht einfach Ulfs Entschuldigung annehmen – auch wenn sie von einem Menschen überbracht wurde? *Er* war doch hier von allen der Weiseste, wobei es ihr nicht wirklich so vorkam, als würde irgendjemand außer ihr vernünftig denken.

Aber sowenig sie es wahrhaben wollte, hatte Gammel doch mit einem recht: Es war zu spät, um jetzt noch nach Askø zurückzukehren. Die Nacht war schwarz, und weder eine Gans noch eine Möwe wartete darauf, sie irgendwo hinzubringen – was bei ihrer jetzigen Körpergröße auch gar nicht möglich gewesen wäre, wie sie sich zudem in Erinnerung rufen musste.

Bettina brauchte kein Licht, um sich in der vertrauten Umgebung fortbewegen zu können. Sie kannte jeden Baum, jede Biegung des Weges zwischen der großen Eiche und ihrem Zuhause.

Es waren nur noch wenige Schritte bis zum Garten hinter dem Wohngebäude, da spürte sie, dass sie nicht mehr alleine war. Sie musste lächeln und ging ruhig weiter. Sie achtete genau auf jeden knackenden Zweig unter ihren Stiefeln, jedes Rascheln der welken Blätter, während ihr Ärmel die Büsche entlang des Weges streifte, um daneben vielleicht ein Geräusch aus der Wichtelwelt erkennen zu können.

Dann blieb sie abrupt stehen, ihr Körper so starr wie die Dezemberkälte.

Husch, husch, husch.

»Klara?«, rief Bettina.

Stille.

»Klara, ich habe dich laufen gehört«, sagte sie.

Wieder *husch, husch.* Und ein Kichern.

Das kleine Wichtelmädchen tauchte auf.

»Ach, ich wollte mich eigentlich versteckt halten!« Klara hatte ganz rote Bäckchen – ob wegen der Nachtluft oder weil sie entdeckt wurde, konnte Bettina nicht recht sagen. So oder so war sie ein erfreulicher Anblick für Bettinas müde Augen.

»Und, wie war's? Bei Gammel, meine ich?«, fragte Klara.

»Du warst gar nicht dort? Und ich dachte, du seist irgendwo in der Nähe gewesen.«

»Nö. Ich hatte etwas zu erledigen. Also? Wie war's?«

»Nicht so gut«, sagte Bettina. Sie erzählte Klara von ihrem Gespräch mit Gammel, während sie gemeinsam den Waldweg entlanggingen, der zum Garten der Larsens führte. »Ich werde Ulf davon überzeugen müssen, dass er selbst zu seinem Vater geht«, schloss sie ihren Bericht. »Und ich habe keine Ahnung, wie ich das hinkriegen soll.«

»Dir wird schon etwas einfallen, Bettina. Eine ruhige Nacht in deinem eigenen Bett wird dir dabei guttun.«

Am Rand des Gartens blieb Bettina stehen. »Ich kann jetzt nicht schlafen. Im Stall ist noch so viel zu machen.«

Klara kicherte vor Aufregung.

»Längst erledigt!«

»Und das Feuer ist sicher ausgegangen.«

»Längst erledigt!«

»Wirklich?«

Klara hüpfte freudig auf und ab. »Erledigt, erledigt, erledigt!«, sang sie. »Klara hat die flottesten Füßchen in ganz Dänemark!«

Bettina lachte. »Und dafür bin ich unglaublich dankbar!«

Im Küchenfenster brannte ein einladendes Licht, und der Lampenschein vom Heuboden fiel durch den Spalt des großen Scheunentors.

»Willst du nicht mit hereinkommen?«, fragte Bettina, aber Klara war schon unterwegs Richtung Scheune.

»Nein«, erwiderte sie. »Kann gut sein, dass ich irgendwann einmal ein Hauswichtel werde, aber fürs Erste halte ich mich an die Arbeit meines Bruders. Ich sehe dich, wenn ich dich sehe.«

Bettina wartete, bis Klara verschwunden war, dann betrat sie das warme Haus. Während sie duschte und sich bettfertig machte, wurde ihr klar, wie viel reichhaltiger ihr Leben geworden war, seit sie an etwas glaubte, das Farfar schon immer für real gehalten hatte.

Aber wie leer doch ihr Herz ohne ihre kleine Schwester war! Und wie entsetzt würden ihre Eltern erst sein, wenn sie heimkämen und ...

Manche Gedanken lässt man am besten in den ungedachten Winkeln seines Verstandes. Die meisten davon beginnen mit *Was ist, wenn* ...

Als Bettina an diesem Abend einschlief, drängte sie alle Gedanken von der Sorte *Was ist, wenn* ... in die allerentlegensten Winkel.

Pläne

Bettina schlief in ihrem Bett so gut, dass sie selbst ganz überrascht war. Sie erwachte mit klarem Kopf, und noch bevor sie die Wärme des Bettes verließ, hatte sie einen Plan gefasst. Also zumindest den Entwurf eines Plans. Ein paar Einzelheiten mussten noch geklärt werden, aber sie hoffte, dass die sich dann noch rechtzeitig ergeben würden.

Als die Sonne über dem Fjord aufging, war Bettina fertig angezogen und mehr als bereit, den Tag in Angriff zu nehmen. Ihr war klar, dass alles klappen musste, damit ein perfektes Ergebnis zustande kam. Vaters Woche in Skagen näherte sich rasant ihrem Ende, während jeden Augenblick mit Mutters und Großmutters Ankunft aus Århus zu rechnen war. Es gab etliche Dinge, die Bettina daran hindern konnten, Pia rechtzeitig nach Hause zu bringen, und das durfte sie einfach nicht zulassen!

Leider musste eines dieser Dinge gleich jetzt am frühen Morgen geklärt werden. Wie sollte sie wieder nach Askø kommen? Mit ihrer wiedergewonnenen Menschengröße war dazu doch kein einziger Vogel in ganz Dänemark in der Lage. Nein, sie musste ihre Reise selbst organisieren, und ihr war vollkommen klar, was das bedeutete. Mit einem Seufzer, den sie fast bis hinunter in die Zehen spürte, griff sie nach der Teedose unter dem Bett und kippte den Inhalt in ihren Rucksack.

Schnell und ohne wirklich etwas zu schmecken, schlang sie ein Schüsselchen Haferflocken mit Milch hinunter, dann machte sie sich auf den Weg zur Scheune. Der Raureif war immer noch da, und Bettina ertappte sich bei dem Gedanken, dass doch eigentlich alles möglich sein musste, solange die Welt derart verzaubert aussah.

In der Scheune war keine Spur von Klara, aber alle Aufgaben waren erledigt und jedes Werkzeug hing an seinem richtigen Platz. In der Ecke neben dem Tor standen die Fahrräder der Familie, allesamt unbenutzt seit dem vergangenen Oktober. Bettina musste ihres ein bisschen abstauben, bevor sie das Scheunentor öffnete und das Rad hinausschob. Erst da fiel ihr Blick auf das Vorderrad. Platt wie ein Pfannkuchen. Wie sie feststellen musste, hatte Mutters Rad ebenfalls einen Platten. Das einzige funktionstüchtige Rad war das von ihrem Vater, also stieg sie auf, wobei ihre Zehen nur mit Mühe bis zum Boden reichten. Schlingernd verließ sie die Einfahrt, dann war sie endlich auf dem Weg.

Bettina wusste, dass die Hauptstraßen geräumt sein würden, die kleineren Sträßchen aber durchaus problematisch werden könnten. Tatsächlich schob sie mehr, als dass sie fuhr, bis sie dann schließlich die Stadt erreichte. Dort trat sie in die Pedale und radelte schnell Richtung Fjord. Es war so früh am Morgen, dass sie unbemerkt an den geschlossenen Geschäften vorbeifahren konnte. Es gelang ihr sogar, den Arbeitern auszuweichen, die von der Nachtschicht in der Zuckerfabrik kamen, indem sie in ein Seitengässchen einbog und die lange Hauptstraße zum Hafen vermied.

Um diese Uhrzeit gab es noch fast keinen Schiffsverkehr, deshalb musste Bettina an der Fähre geschlagene zehn Minuten warten, bevor der Fährmann für die erste Überfahrt des Tages eintraf.

»Willst mal schnell nach Askø, wie?«, fragte er heiser und machte mit den Zähnen eine Sprudelflasche auf. Bettina merkte erleichtert, dass er gar nicht auf eine Antwort wartete. Stattdessen lichtete er den Anker und warf den Motor des weißgrünen Fährschiffs an.

»Bist mein erster Fahrgast«, rief er. Bettina gab ihm die fünfzig Kronen für einen Passagier und ein Fahrrad. Der Fährmann nickte lächelnd, und Bettina sah, dass ihm vorne ein Zahn fehlte. *Vielleicht doch keine so gute Idee, die Sprudelflaschen mit den Zähnen zu öffnen*, dachte sie.

Sehr zu Bettinas Missvergnügen wartete der Fährmann fünf, zehn, fünfzehn Minuten lang auf weitere Passagiere. Als keiner kam, setzte er die Fähre schließlich in Bewegung.

»Sieht aus, als wärste nich' nur mein erster Fahrgast, sondern auch mein einziger«, schrie er über das Dröhnen des Motors, während sie Kurs auf Askø nahmen.

Bettina schenkte dem Mann ein höfliches Lächeln, sagte aber nichts. Stattdessen beugte sie sich über die niedrige Reling und sah zu, wie das Wasser vorbeirauschte. Im Sommer konnte man tief unten immer pfannkuchengroße Quallen schweben sehen, im Dezember aber nicht. Am Jahresende war es nur das graugrüne Meer, das ohne Unterlass an der Fähre vorbeiströmte.

Die Zeit floss fast so schnell dahin wie das Wasser unter dem Schiff, und in weniger als dreißig Minuten legte die Fähre in Askø an. *Mit der Möwe ging es sogar noch flotter*, dachte Bettina.

»Besuchste jemand? Im Winter ist hier nich' viel los«, sagte der Fährmann, als Bettina ihr Rad die Rampe hinunter an Land schob.

Bettina lächelte. »Was ich brauche, ist da.«

Er zuckte die Achseln und nahm einen großen Schluck aus seiner Flasche. »Hoffentlich haste recht.«

Überredung

Bettina trat in die Pedale und fuhr schnell an den verlassenen Ferienhäusern und menschenleeren Bauernmärkten vorbei. Dann nahm sie Kurs auf das dichte Waldstück auf der anderen Inselseite und versuchte dabei, sich an die Flugbahn der Gans zu erinnern. Nördlich, dann ein wenig nach Osten. Zum Glück funktionierte ihr Gedächtnis, und sie konnte nur staunen, wie schnell sie mit dem Fahrrad vorankam. Die kahlen Felder flogen an ihr vorüber, und die trockenen Gräser, die am Vortag noch so hoch aufgeragt hatten, dass sie den Blick auf die Landschaft versperrten, waren heute nichts als kurze Halme, die im Winterwind schwankten.

Am Waldrand angekommen, stellte Bettina das Fahrrad ab. Es war ja völlig unmöglich, durch das dichte Unterholz zu fahren.

Dann plötzlich – ein weiteres Problem. Würde sie Ulfs Häuschen mit dem Kiefernzapfen-Schindeldach überhaupt finden? Es war ja derart sorgfältig zwischen Blättern und Moos versteckt, dass man es ohne Weiteres übersehen konnte. Wenngleich Bettina genau wusste, wonach sie suchte, sah doch jeder Baum hier so aus wie der neben dem Häuschen. Sie ging das Waldstück mehrere Male ab, bis sie merkte, dass sie in ihre eigenen Fußstapfen trat. Nachdem sie eine Ewigkeit herumgelaufen war, entdeckte sie aber tatsächlich den Baum mit der weißen Rinde, der am Vortag Klakke aufgespießt hatte. Sie lachte überrascht auf, als sie feststellen musste, dass der Zweig, an dem er gestern – in bedenklicher Höhe – gehangen hatte, heute einer war, zu dem sie sich hinunterbücken musste.

Von der Birke aus war es leicht, den Weg zu dem Häuschen mit dem Schindeldach zu finden, zu der kleinen Eingangstür und dem kleinen Türklopfer. Wenige Augenblicke später lag es vor ihr, eine meisterliche Verbindung von Natur und Architektur.

Genau wie vor Gammels Wohnung musste sich Bettina auch hier auf den Bauch legen, um den Türklopfer betätigen zu können. Er fiel so gut wie unhörbar gegen die kleine Eichentüre. Eine lange, beängstigende Pause trat ein, und Bettina schossen tausend Gedanken gleichzeitig durch den Kopf. *Was ist, wenn Ulf nicht aufmacht? Was ist, wenn Ulf sich erneut aus dem Staub gemacht und Pia woandershin gebracht hat?* Panik stieg in ihr auf und nahm ihr die Luft zum Atmen.

Da ging die Türe auf, und Bettina merkte schnell, dass ihre Menschengröße Vorteile und Nachteile gleichermaßen hatte. Ulf zum Beispiel, der das Schickal ihrer Familie mehr oder weniger in der Hand hatte, wirkte jetzt, da sie viel größer war als er, bei Weitem nicht mehr so furchtein-flößend wie vorher.

Andererseits konnte sie in ihrem jetzigen Zustand nicht ins Haus gehen, um Pia aufzuheben und, wenn nötig, mit ihr wegzulaufen.

Ulf bat sie nicht herein. Er stand einfach vor der Tür und sah recht hoffnungsvoll und bei Weitem bescheidener aus als bei ihrer ersten Begegnung. Vielleicht wurde ihm be-wusst, dass es Bettina war, die das Schickal *seiner* Familie in *ihrer* Hand hatte.

»Hast du mit meinem Vater geredet?«, fragte er. »Darf ich wieder zurück nach Lolland kommen?«

Bettina sah keine Möglichkeit, Ulf den Stand der Dinge schonend beizubringen.

»Ich habe mit Gammel gesprochen, aber leider akzeptiert er keine Entschuldigung – außer sie kommt direkt von dir selbst.«

Ulf setzte sich auf den grünen Moosteppich vor seiner Ein-gangstür.

»Ich hätte es wissen müssen.« Er seufzte.

»Es tut mir so leid, Ulf«, sagte Bettina. »Ich habe wirklich getan, was ich konnte.«

»Es hat keinen Sinn«, rief Ulf. »Meine Familie wird mich nie wieder aufnehmen.«

Bettina bekam Angst. Ulfs Verzweiflung war ihr nicht recht geheuer. Und sie befürchtete, Ulf würde jetzt, da er nicht bekommen hatte, was er wollte, auch keinen Grund mehr sehen, ihr Pia zurückzugeben.

Als könnte er ihre Gedanken lesen, stand er auf. Er warf Bettina einen langen, resignierten Blick zu, dann ging er ins Haus und schloss die Tür hinter sich.

Bettina ließ ihren Kopf auf den Arm sinken. War es das? Würde sie Askø ohne Pia verlassen müssen? Allein schon der Gedanke daran trieb ihr die Tränen in die Augen.

»Ulf!«, rief Bettina durch die geschlossene Tür. »Bitte!«

Bettina wartete reglos, und es kam ihr vor, als würden endlose Minuten verstreichen. Schließlich trat Ulf, gefolgt von Klakke, wieder heraus – und hielt die kleine Pia im Arm! Und in Pias Mund steckte ein kleiner, gelber Rübensirupschnuller! Pias süße, blaugraue Augen wurden groß, als sie ihre ältere Schwester erblickte. Falls sie sich über Bettinas Größe wundern sollte, ließ sie sich das zumindest nicht anmerken.

Pia quiekte und konnte dabei den Schnuller fast nicht im Mund behalten.

Ein zaghafter Laut – halb Schluchzen, halb Jubeln – bildete sich in Bettinas Kehle. Wie sehr sie sich danach sehnte, ihre kleine Schwester in den Arm zu nehmen! Bettina streckte die Hände nach ihr aus und war gleichzeitig ein wenig unsicher, wie sie dieses kleine, zarte Ding anfassen sollte.

Das Baby nach wie vor im Arm, sah Ulf zu Bettina auf. Seine dunklen Augen hatten jetzt gar nichts Bedrohliches mehr. Ein Lächeln umspielte seine Lippen, und zum zweiten Mal konnte Bettina eine Familienähnlichkeit feststellen. Während sein Lächeln sich immer mehr ausbreitete, kamen Gammels funkelnde Augen und Pernillas Grübchen zum Vorschein.

»Hier hast du sie«, sagte er.

Ulf hob Pia hoch und legte sie vorsichtig in Bettinas erwartungsvoll ausgestreckte Hände. Kaum lag sie dort, wuchs sie rasant zu ihrer normalen Größe an. Bettina wankte und konnte nur mit Mühe das Gleichgewicht behalten, denn das fast einjährige Kind war auf einmal überraschend schwer.

»Ach, Ulf!« Sie lachte und drückte Pia an sich. »Du hättest mir sagen müssen, was passiert!«

Ulf zuckte die Achseln. Klakke jubelte, als er die Schwestern wieder vereint sah, und sprang in einer Art unwillkürlichem Freudentanz auf und ab. Sein Fehler war endlich wiedergutgemacht! In ganz Dänemark gab es in diesem Moment keinen glücklicheren Wichtel.

Aber gleichzeitig gab es auf der ganzen Welt auch keinen unglücklicheren Wichtel als Ulf.

»Die Kleine wird mir fehlen«, sagte Ulf. »Ihr könnt jetzt gehen, wenn ihr wollt. Zurück nach Lolland und zurück zu eurer Familie.«

Das sagte er zu beiden, zu Bettina und zu Klakke.

»Danke, Ulf«, erwiderte Klakke und nickte seinem Cousin ernst zu. »Dein Einverständnis bedeutet mir wirklich viel.«

Wie Bettina erleichtert feststellte, hatten die beiden sich in Bezug auf die Familie Larsen ganz offenbar geeinigt.

Ulf machte kehrt, um wieder ins Haus zu gehen. Auf ihn wartete schließlich keine glückliche Wiedervereinigung.

»Warte, Ulf«, hörte Bettina sich sagen.

Ulf drehte sich wieder um, und Bettina setzte sich Pia auf die Hüfte. Wie groß das Kind geworden war! Sie musste sich in Erinnerung rufen, dass Pias erster Geburtstag vor der Tür stand.

Bettina kniete nieder und streckte ihre freie Hand aus, die Handfläche nach oben.

Ulf sah Bettinas Hand kurz an. Dann kletterte er hinauf, und sie hob ihn hoch, bis er sich mit ihr auf Augenhöhe befand.

Sie sah ihm in die kleinen, schwarzbraunen Augen. »Noch vor wenigen Tagen bestand das, was ich über die Wichtel wusste, aus den Geschichten, die Farfar erzählt hat, und dem Weihnachtsschmuck, den wir jedes Jahr aufhängen. Dann habe ich deine Familie kennengelernt. Wie freundlich ich behandelt wurde! Gammels Weisheit erstreckt sich weit über seine 392 Jahre hinaus, Pernilla ist so herzensgut, wie der Tag lang ist, und ...«

Bettina kam plötzlich zu Bewusstsein, dass Ulf noch nie die süßen Zwillinge seiner Schwester Pernilla kennengelernt hatte.

»Ach, Ulf! Du hast eine entzückende Nichte und einen ebensolchen Neffen!«

Ulf nickte. »Ich weiß. Pernilla hat es mir ausrichten lassen. Und ich höre ab und an Geschichten, wenn Wichtel in den Sommermonaten hier Urlaub machen.«

Bettina platzte fast bei der Vorstellung molliger Wichtelfrauen und beleibter Wichtelmänner, die in Badeanzügen am Strand liegen, aber sie blieb ernst, denn ihr war klar, dass ihre nächsten Worte zur Wiedervereinigung einer anderen zerrissenen Familie führen könnten.

»Ulf, du musst mit uns zurück nach Lolland kommen. Du musst mit deinem Vater sprechen.«

Ulfs Gesichtszüge entspannten sich. Dachte er an sein Zuhause unter der großen Eiche? An das wohlig warme Feuer? An Pernillas winterliche Gemüsesuppe, die auf dem Herd vor sich hin köchelte?

»Ein weiser älterer Herr hat einmal gesagt: ›Nichts Wertvolleres gibt es, als dass jeder für seine Fehler selbst geradesteht.‹«

Ulf lächelte. »Dein Großvater war einer der weisesten Männer, die ich je getroffen habe. Egal, ob Wichtel oder Mensch.«

»Er war wirklich sehr weise«, sagte Bettina. »Aber dieser Spruch stammt nicht von ihm, sondern von Gammel.«

Ulfs Augenbrauen schnellten vor Überraschung nach oben, nur um sich gleich wieder nachdenklich zu senken. Schließlich redete er aber.

»Also gut«, sagte er. »Wenn du mich runterlässt, hole ich Mütze und Mantel. Wir sollten dann los.«

»Du kommst wirklich mit?«, fragte Bettina.

Ulf nickte. »Ich bin lange genug weggeblieben. Wenn meine Familie bereit ist, mich wieder aufzunehmen, ist die Zeit gekommen, um nach Lolland zurückzukehren.«

Bettina radelte mit Vaters Fahrrad auf die Fähre zu – Pia saß fröhlich im Kindersitz auf dem Gepäckträger, und die beiden Wichtel steckten in ihrem Rucksack.

Komisch, wie sich alles ineinanderfügt, dachte sie. Wenn sie mit ihrem eigenen Fahrrad oder mit dem von Mutter gefahren wäre, hätte sie jetzt keinen Kindersitz für Pia.

Daheim hätte Klara sich über Bettinas Denkweise totgelacht. An den zwei platten Reifen war nämlich überhaupt nichts komisch. Aber schließlich bekommen Wichtel selten einen Verdienst angerechnet, wenn ein solcher eigentlich fällig wäre.

Noch mehr Schabernack

Als sie die Fähre erreichten, saß da der Fährmann mit der Zahnlücke. Er hatte die Füße auf die Reling gelegt und hielt wie beim letzten Mal eine grüne Sprudelflasche in der Hand.

»Tag, Frolleinchen. Schon zurück? Ich fahr' erst so in 'ner Stunde.«

»In einer Stunde?«

Bettina ließ sich nach vorne sinken, die Unterarme auf den Fahrradlenker gestützt. Mutter und Großmutter konnten jeden Augenblick zu Hause eintreffen. Oder sie waren sogar schon da, gingen durch das verlassene Haus und riefen nach den Mädchen.

Der Fährmann rührte sich nicht vom Fleck.

»Jau.« Er deutete mit der Flasche auf eine verwitterte Tafel und eine große Uhr an der Wand des Fährhauses. »Muss mich an'n Fahrplan halten. Und da steht, die nächste Fähre geht um vier.«

Plötzlich bemerkte er Pia.

»Wo hast'n des Kind her?«, fragte er.

Bettina richtete sich auf und versuchte, nicht so erschrocken auszusehen, wie sie tatsächlich war. Wie sollte sie ihm das nur erklären?

»Stell dich dumm.« Die Stimme kam aus ihrem Rucksack.

»Wie bitte?«, flüsterte Bettina.

»Ich sagte ›Wo hast'n des Kind her?‹«, wiederholte der Fährmann und sah noch misstrauischer aus als vorher.

»Stell dich dumm«, sagte die Stimme erneut. Es war Ulf. »Du schaffst das.«

Bettina wusste nicht recht, ob Ulf ihr da ein Kompliment machte oder sie beleidigen wollte, doch sie traute sich jetzt tatsächlich zu, mit dem Fährmann fertig zu werden.

»*Dieses* Kind?«, fragte sie.

»'N anderes seh ich nich'«, antwortete der Fährmann.

»Na, das ist heute mit mir hergekommen. Das wissen Sie doch.«

Der Fährmann nahm die Füße von der Reling und setzte sich auf. »Isses nich'.«

»Aber gewiss doch«, sagte Bettina nachdrücklich. »Vielleicht haben Sie es im Kindersitz nicht gesehen.«

Die Augen des Mannes wurden schmal. »Haste etwa nich' nur für einen Passagier und ein Fahrrad bezahlt?«

Bettina wusste nicht weiter.

»Die Tafel!«, flüsterte ihr Klakke vom Rucksack aus zu.

Natürlich! Bettina deutete auf die Tafel mit der Aufschrift FAHRZEITEN UND PREISE. »Doch, aber nur, weil Kinder unter zwei Jahren nichts zahlen müssen.«

Der Mann nahm seine Mütze ab, kratzte sich am Kopf und setzte die Mütze wieder auf. »Ich werd' wohl langsam verrückt.«

»Danke, Jungs«, flüsterte Bettina nach hinten über die Schulter.

»Wir sind noch nicht fertig. Warte ab, was als Nächstes kommt«, erwiderte Ulf leise. »Frag ihn, um wie viel Uhr die Fähre ablegt.«

»Aber ich weiß doch ...« Bettina verstummte, als ihr Blick auf die Uhr fiel. Sie grinste und fragte: »Entschuldigung bitte?«

»Was'n noch, Frollein?«

»Wann geht die nächste Fähre?«

»Hab' ich doch schon gesagt«, knurrte der Mann. »Die nächste Fähre nach Lolland geht ...«

Der Fährmann sah auf die Uhr.

»Um vier Uhr. Also dann so etwa ... jetzt. Wo ist denn schlag mich die letzte Stunde geblieben?«

Er sprang auf und verschüttete dabei fast sein gesamtes Mineralwasser.

»Na, dann kommt mal an Bord. Muss schließlich den Fahrplan einhalten.«

Bettina konnte kaum das Kichern unterdrücken, das in ihrer Kehle aufstieg.

»Ja, sofort«, erwiderte sie und fuhr auch schon mit dem Rad und ihrer kleinen Fracht die Rampe hinauf. »Den Fahrplan muss man in der Tat einhalten.«

Erneut kratzte sich der Fährmann am Kopf, warf dann einen prüfenden Blick auf die Sprudelflasche in seiner Hand – und schüttete das, was noch an Mineralwasser übrig war, über die Reling und hinunter ins graue Meer.

Wiedervereinigung

Als Bettina mit Pia auf dem Kindersitz und den beiden Wichteln im Rucksack ihr Fahrrad den Waldweg entlang auf die große Eiche zuschob, warteten Gammel, Pernilla und Hagen bereits am Fuß des Baumes. Woher sie wussten, dass sie im Anmarsch war, konnte sie sich nicht erklären, aber sie hatte ja schon vor Tagen aufgehört, sich über die endlosen Mysterien des Wichtelvölkchens den Kopf zu zerbrechen.

»Ich weiß nicht, ob ich das schaffe.« Ulfs Stimme zitterte, als Bettina den Rucksack öffnete, wie bei einer Person, die am oberen Ende einer Skipiste steht, die Skispitzen schon weit über den Rand hinausgestreckt hat und nichts anderes tun kann, als sich kopfüber den Berg hinabzustürzen.

»Es wird schon klappen«, beschwichtigte ihn Bettina. »Sei einfach ehrlich. Und versuch deinen Ärger zu zügeln.«

Sie hob Ulf aus ihrem Rucksack und setzte ihn auf dem Waldboden ab, wo er zum ersten Mal seit zwölf Jahren seinem Vater gegenüberstand.

Mit zittrigen Händen nahm Ulf seine rote Mütze ab. »Viel Zeit ist vergangen, und ich weiß, dass ich schon längst hätte kommen sollen.«

»Ach, Ulf!« Pernilla trat mit tränennassen Wangen auf ihren Bruder zu, aber Gammel hob warnend die Hand.

»Lass uns zuerst hören, was er zu sagen hat!«, befahl er mit Nachdruck, wie um die Anwesenden daran zu erinnern, dass er der Älteste war und hier zu bestimmen hatte. Pernilla machte einen Schritt nach hinten und spielte nervös mit den Bändern ihrer Schürze. Hagen legte ihr liebevoll den Arm um die Schultern.

Aller Augen ruhten auf Ulf, der jetzt weiterredete. »Ich bin gekommen, um mich zu entschuldigen. Es tut mir leid, was mit Farfar Larsens geliebtem Pferd Kasper passiert ist. Ich habe an dem betreffenden Tag nichts Böses gewollt, so wie ich auch keinem anderen Tier auf dem Hof oder im Wald je Schaden zufügen wollte.«

Gammel nickte. So klein diese Geste der Anerkennung auch war, so genügte sie doch, um Ulf zum Weiterreden zu ermutigen.

»Am meisten tut mir aber leid, dass ich weggegangen bin. Ich hätte bleiben und die Folgen meiner Nachlässigkeit in Kauf nehmen müssen. Aber ich war eifersüchtig auf meinen Cousin Klakke. Und zusätzlich tat mir weh, dass einer so jungen und unerfahrenen Person die Arbeit übertragen wurde, die ich so lange gemacht hatte. Ich war überzeugt, meinen Platz auf der Welt für immer verloren zu haben.

Seid aber versichert, dass ich heute Dinge weiß, die mir vor zwölf Jahren noch nicht klar waren. Farfar war ein ungewöhnlicher Mensch, ein ganz seltener Mann, dessen Herz so groß war, dass er nicht nur seine neugeborene Enkelin lieben, sondern darüber hinaus auch an den Wichtel auf seinem Hof glauben und auf ihn achtgeben konnte. Er ist nicht mehr da, aber er hat sein Bewusstsein für die Natur und ihre Geheimnisse an seine Enkelin weitergegeben.«

Beim Gedanken an Farfar und die Wahrheit von Ulfs Worten begannen Bettinas Augen zu brennen. Farfar hatte den Hof, den Wald und die Bewohner beider Bereiche über alles geliebt. Und ohne dass es ihr damals richtig bewusst war, hatte er versucht, denselben Respekt auch bei ihr wachzurufen.

Ulf stand aufrecht da, ohne zu betteln, ohne sich anzudienen. Er war einfach nur ehrlich.

»Es tut mir leid. Und ich würde gerne wieder nach Hause kommen.«

Ganz Lolland – jeder Baum, jedes Lebewesen, und sogar Klakke – war jetzt vollkommen still. Alle sahen zu Gammel, dessen erhobene Augenbrauen seine gesamten 392 Jahre erkennen ließen. Schließlich, nach endlosen Momenten, kräuselte sich der dichte graue Schnurrbart des alten Wichtels zu einem Lächeln.

Ohne ein einziges Wort breitete Gammel die Arme aus, um seinen verlorenen Sohn willkommen zu heißen. Ulf machte einen Sprung auf ihn zu und ließ sich umarmen.

Jetzt konnte Pernilla einfach nicht länger warten und schloss sich der Umarmung von Vater und Sohn an. Sogar Hagen war gerührt und wischte sich mit einem kleinen Taschentuch über die Augen.

Als die Familienumarmung vorüber war, räusperte sich Gammel, dabei womöglich die eigenen Tränen unterdrückend, und sprach zu seinem Sohn.

»Auch ich habe ein paar Dinge getan und gesagt, die ich zutiefst bereue. Ich habe vorschnell geurteilt, sowohl vor zwölf Jahren, als auch unlängst, nachdem die kleine Pia verschwand. Vielleicht habe ich manchmal zu rasch und zu hart reagiert, und ich stehe hier schuldig vor dir als jemand, der viel zu stur gewesen ist. Mein einziger Wunsch war stets, dich wieder hier bei uns zu haben, Ulf. Willkommen daheim, mein Junge. Willkommen daheim.«

Klakke stieß einen freudigen Jauchzer aus und kletterte an Bettinas Rücken hinunter, nur um seine Meinung gleich wieder zu ändern und wieder hinaufzuklettern.

Bettina drehte den Kopf, um sehen zu können, was der kleine Wichtel vorhatte. Wie überrascht war sie, als er seine kleinen, pummeligen Arme um ihren Hals schlang und sie fest drückte. Eine richtig schöne Wichtelumarmung.

»Ach, Klakke!«

Klakke wurde ganz rot – so rot, dass seine ohnehin schon rosige Haut fast die Farbe seiner Mütze annahm. Er gab Pia in ihrem Fahrradkindersitz ein Küsschen, worüber beide, Kind und Wichtel, ausgiebig kicherten.

Während Hagen, Pernilla und Ulf einer nach dem anderen unter der größten Wurzel der Eiche verschwanden, blieb Gammel bei Bettina und lud sie ein.

»Willst du nicht mit hineinkommen? Es gibt ja allerhand zu erzählen.«

»Nein danke, Gammel. Das Erzählen ist Sache der Familie. Außerdem möchte ich Pia nach Hause bringen.«

Bevor wieder etwas anderes passiert, dachte Bettina für sich und sah über die Schulter zu ihrem Hof hinüber. Sosehr sie die gemütliche Küche unter der großen Eiche auch mochte, war ihr dringlichster Wunsch jetzt, mit Pia daheim zu sein, bevor irgendjemand sonst dort eintraf.

Gammel nickte verständnisvoll.

»Was du getan hast, mein Kind, werden wir dir nie vergessen. Du hast nicht nur eine zerrissene Familie zusammengeführt, sondern dir auch die größte Mühe gegeben, die komplizierte Beziehung zwischen deiner Welt und der unseren aufrechtzuerhalten. Nur gemeinsam können wir tun, was dem Einzelnen verwehrt ist.«

Bettina rang nach Worten, aber da ihr nichts einfiel, was der Situation angemessen gewesen wäre, lächelte sie einfach.

Unter dem grauen Bart verzogen sich auch Gammels Lippen zu einem Lächeln, und seine runden schwarzen Augen begannen zu funkeln. Dann hob er eine Hand, winkte ihnen noch kurz zu und verschwand dann unter der Wurzel der alten Eiche.

»Und was ist mit dir, Klakke?«, fragte Bettina. »Gehst du auch hinein?«

»Ach, ich komme später wieder, wenn ich die Arbeit auf dem Hof erledigt habe. Die brauchen jetzt etwas Zeit für sich. Als Familie, meine ich.«

Wenngleich Bettina sich sicher war, dass Klakke über den Gang der Ereignisse glücklich war, konnte sie in seiner Stimme doch eine gewisse Melancholie erkennen. Ihr fiel ein, dass er ja nur ein Cousin der Familie war – ein entfernter Cousin von der Insel Falster. Vielleicht fühlte er sich im Moment ein bisschen einsam. Allerdings wusste sie, wie sie ihn aufmuntern konnte.

Bettina wollte schon den Mund aufmachen, um ihm zu sagen, dass er sich nicht um den Hof kümmern müsse, weil ja schließlich Klara da war. Aber schnell machte sie ihn wieder zu. War ein Überraschungstreffen denn nicht hundertmal lustiger?

»Also gut«, sagte sie und drehte das Fahrrad Richtung Heimat. »Gehen wir!«

Klakke rannte voraus, ganz erpicht darauf, zur Scheune und den wartenden Aufgaben zu gelangen.

Bettina folgte mit großen Schritten. »Wir müssen uns beeilen«, sagte sie zu Pia. »Schließlich wollen wir das nicht verpassen!«

Als sie den Hof der Larsens erreichten, hob Bettina Pia aus dem Kindersitz und lehnte das Rad an die Scheune.

Sie öffnete das Tor und trug Pia hinein, aber Klakke war bereits durch den Spalt zwischen den Torflügeln geschlüpft. Er flitzte zwischen ihren Beinen herum, während sie das Licht anmachte und die Tiere sichtbar werden ließ, die allesamt friedlich vor sich hin kauten oder sich schon zur Ruhe begeben hatten. Klakke raste von den Ziegen zu den Pferden und wieder zurück. Er überprüfte die Wassertröge und sah ungläubig hinein.

»Das ist ja fürchterlich!«, rief er dann.

»Was ist fürchterlich, Klakke?«, fragte Bettina und tat ganz besorgt.

Über Klakkes Kopf, hoch oben im Heu, entdeckte sie Klara, die ihr zuwinkte und ein Kichern unterdrückte.

»Alles ist schon erledigt!«, sagte Klakke. »Das kann nur eines heißen. Deine Eltern sind zu Hause. Was wirst du ihnen sagen?«

Bettina lächelte. Sie hatte ein schlechtes Gewissen und wollte ihr Geheimnis nicht länger für sich behalten. In diesem Moment legte Pia den Kopf zurück, zeigte nach oben auf den Heuboden und gab ein langes Gebrabbel von sich, das einzig und allein ein anderes einjähriges Kind verstanden hätte.

Sämtliche Augen richteten sich nach oben, auch die von Klakke. Wobei nur die seinen groß und immer größer wurden, als er seine Schwester da oben auf einem Strohballen stehen sah.

Klara ließ ein lautes Kichern erklingen und kam schnell wie der Blitz die Leiter herunter.

»Klara!«, rief er. Die beiden fassten sich an den Händen und tanzten vor Freude im Kreis herum.

»Ich fand, es sei an der Zeit, einmal mein Brüderchen zu besuchen«, sagte Klara. »Und wie sich herausstellt, war der Zeitpunkt recht gut gewählt.«

Das Wichtelmädchen zwinkerte Bettina zu.

»Oh!«, rief Klakke da. »Ich muss euch ja miteinander bekannt machen. Bettina, das ist meine Zwillingsschwester ...«

Klara und Bettina mussten so sehr lachen, dass Klakke mitten im Satz abbrach.

»Ihr beide kennt euch schon?«

»Klara kann dir alles erzählen, Klakke«, sagte Bettina. »Ich für meinen Teil muss jetzt das Haus aufräumen und Pia ins Bett bringen. Bevor meine Eltern tatsächlich nach Hause kommen!«

Klakke nickte verständnisvoll. »Danke, Bettina! Eine schönere Überraschung habe ich in meinen gesamten zweiundsechzig Jahren nicht erlebt!«

Bettina wandte sich zum Gehen, hielt dann aber inne. »Werde ich dich wiedersehen?«

Klakke wurde nachdenklich. »Glaubst du, dass es mich gibt?«

Nach allem, was passiert war, wunderte sich Bettina über diese Frage.

»Aber natürlich! So wahr *ich* hier stehe, so wahr tust *du* das auch!«

»Dann glaube ich sehr wohl, dass du mich wiedersiehst«, meinte der junge Wichtel. »Aber denke daran, ob du mich siehst oder nicht, das liegt nicht an mir. Es ist der Sehende, der zu sehen hat – der Sehende, der sich lange genug Zeit nehmen muss, um die Welt um sich herum zu betrachten.«

Bettina hatte irgendwie das Gefühl, dass Klakke ein bisschen älter wirkte, vielleicht sogar ein bisschen weiser. Und konnte es sein, dass sich in seinem Bart ein wenig Grau zeigte?

Sie versprach, sich immer die Zeit zum genauen Hinsehen zu nehmen, dann verabschiedeten sie und Pia sich von Klakke und Klara. Gelb ging der Mond auf, als die Mädchen über den Hof zum Haus gingen. Über ganz Lolland senkte sich die Nacht. Alle Tiere des Winterwaldes waren still. Die Kaninchen kuschelten sich in ihren Höhlen aneinander, die Vögel plusterten sich in den Büschen auf, und selbst die Füchse versteckten sich tief in ihrem Bau. Ganz Dänemark war derart von Schweigen umhüllt, dass Bettina sich selbst atmen hören konnte.

Als sie gerade nach dem Türknauf greifen wollte, spürte sie einen Luftzug an der Wange, und die winterlichen Gräser um sie herum bewegten sich ganz leicht. Winzige Stückchen Raureif fielen zu Boden. Als sie den Knauf herumdrehte und die Haustüre öffnete, blies bereits ein stärkerer Wind durch den Garten und wehte weiteren Raureif von den Büschen. Als Bettina und Pia dann sicher in der

Küche der Larsens waren, schwankten die Bäume und bedeckten den Hof mit herabfallenden Eisflöckchen. Es sah aus, als würde es ganz leicht schneien.

Innerhalb weniger Minuten war der Raureif verschwunden.

Zu Hause

Ende Dezember ist die Dämmerung denen gnädig, die unter ihren Daunendecken bleiben und auch noch dann friedlich träumen wollen, wenn die Zeit fürs Frühstück gekommen oder längst vorüber ist. In dem Zimmer, das sich die Larsen-Mädchen in ihrem Elternhaus auf der Insel Lolland teilten, kam die Morgensonne erst kurz nach neun Uhr durch den Spalt im Vorhang gekrochen.

Bettina erwachte aus dem süßesten Schlummer, mit klarem Kopf, überhaupt nicht benommen und voller Hoffnung, dass die kleine Pia in ihrem Bettchen auf der anderen Seite des Zimmers genauso friedlich ruhen möge.

Und in der Tat schlief das Baby tief und fest, die Stoffgans unter dem Kinn. Es war fast, als seien die letzten paar Tage nichts als ein Traum gewesen. Bettina wollte gerade hinuntergehen, um Tee zu machen, da wachte Pia auf.

»Hallo, kleines Mädchen!«, begrüßte Bettina ihre Schwester.

Pia grinste, gähnte dann und rieb sich mit einem pummeligen Händchen die Äuglein.

Bettina hob Pia aus ihrem Bett und trug sie die gewundene, schmale Treppe hinunter. Während sie zur Küche hinabstiegen, gab Pia wieder ein ausgiebiges Gebrabbel von sich, das von wildem Augenrollen und heftigem Gestikulieren begleitet war. Bettina verstand kein einziges Wort.

»Was bist du denn so aufgeregt, Pia?«, wollte Bettina wissen. Wobei Pia ja nichts über das kleine Wichtelmädchen erzählen konnte, das sie auf der Treppe hatte vorbeiflitzen sehen. Und wenn Bettina nicht mit ihrer Schwester geredet hätte, wäre vom Treppenabsatz oben vielleicht ein leises, aber umso bekannteres Kichern zu ihr gedrungen.

»Ach Pia, wenn du nur reden könntest! Was hättest du nicht alles zu erzählen.«

Aber bereits als sie es aussprach, war ihr klar, dass es vermutlich das Beste war, dass Pia nicht alles erzählen konnte, was in den letzten Tagen passiert war.

Die letzten Tage. Wie viele Tage *waren* denn vergangen, seit Bettina die Tür der Holzkammer geöffnet und den Raureif entdeckt hatte?

Durch das Küchenfenster war die Morgensonne zu sehen, die hinter ein paar grauen Wolken am Horizont hervorblinzelte. Ein bisschen Schnee lag noch auf dem Boden, ansonsten standen die schwarzen Baumstämme kahl und unbelaubt da, während die braunen Grashalme sich gegen den verschneiten Hintergrund abzeichneten.

Nichts deutete darauf hin, dass es bis soeben Raureif gegeben hatte.

Als Pia in ihrem Kinderstühlchen saß, toastete Bettina Brotscheiben und bestrich sie mit Mutters selbst gemachter Erdbeermarmelade. Sie goss Milch in Pias Schnabeltasse, da fing auch schon der Teekessel an zu pfeifen.

Die Küche war warm und gemütlich, und während sich die Mädchen ihr Frühstück schmecken ließen, fiel Bettinas Blick auf die Stelle, wo der Garten an den Wald grenzte.

Der Forst sah heute Morgen nicht ganz so düster aus, denn zwischen die kahlen Bäume fiel immer wieder ein Sonnenstrahl.

Sie fragte sich, wie es unter der großen Eiche wohl um die Wiedervereinigung der Familie stand. Wahrscheinlich hatten die Wichtel bis spät in die Nacht bei Pernillas Cider-Punsch zusammengesessen und geredet, um dann bei Sonnenaufgang gähnend und sich gegenseitig zum Abschied umarmend in ihre Alkoven zu kriechen.

Mit einem letzten Blick auf den Wald hob Bettina ihr Schwesterchen aus dem Kinderstuhl und setzte die Kleine zum Spielen auf den Küchenboden.

Sie räumte das Geschirr ab und ließ heißes Wasser in die Spüle laufen. Währenddessen krabbelte Pia zu einem der Küchenstühle und zog sich an ihm hoch. Als Bettina sich wieder zu ihr drehte, stand Pia frei da, die Arme ausgestreckt und bereit, sich im Notfall abstützen zu können.

»Pia«, sagte Bettina leise, als ob der Klang ihrer Stimme den schwierigen Balance-Akt des Kindes stören könnte. »Komm her.«

Bettina ging in die Hocke und streckte ihrer kleinen Schwester die Arme entgegen. Mit angehaltenem Atem sah sie zu, wie Pia einen Fuß anhob und wieder absetzte. Mit hochkonzentrierter Miene wiederholte das kleine Mädchen die Bewegung und ging wie in Zeitlupe durch die Küche. Jeder einzelne Schritt führte beinahe zum Sturz, aber irgendwie gelang es dem Kind, das Gleichgewicht gerade noch zu behalten.

Als Pia endlich die wartenden Arme ihrer Schwester erreichte, lachte und weinte Bettina gleichzeitig, vor allem aber war sie voll des Lobes. Pia strahlte vor Stolz, während sie sich frei machte, um es gleich noch einmal zu probieren.

Die Larsen-Schwestern verbrachten die verbleibende Zeit damit, die Tiere zu füttern, mit den neuen Weihnachtsgeschenken zu spielen und im ganzen Haus das Laufen zu üben. Mutter und Großmutter befanden sich auf dem Weg zurück nach Lolland, und Vater war auch nicht mehr weit weg. Was für eine Überraschung würde es für alle sein, wenn sie entdeckten, wie sehr die kleine Pia sich in ihrer Abwesenheit verändert hatte.

Wobei Pia in Sachen Veränderung nicht die Einzige war. Nie mehr suchte Bettina fortan nach Winterkräutern, ohne an die gemütliche Küche unter der großen Eiche zu denken. Nie mehr ging sie durch den Wald, ohne im Kopf Gammels Stimme zu hören und sich an den Morgen zu erinnern, an dem sie ihn auf seinem Rundgang zu den Waldtieren begleitet hatte.

Bettinas Liebe zu den Weihnachtstagen kehrte zurück. Sie wusste sehr wohl, dass Farfar nie wieder an den Feierlichkeiten teilnehmen würde, aber zumindest seine Freude und seine gespannte Erwartung könnten da sein, wenn sie dieses Gefühl am Leben hielt. Wer sonst sollte Pia denn vom Zauber des Raureifs oder den Wichteln im Stall und in den Wäldern erzählen?

Vor allem ging Bettina aber nie mehr so schnell ihrer jeweiligen Beschäftigung nach, dass sie die Gelegenheit zum Herumschauen versäumte. Es ist schließlich der Sehende, der sich lange genug Zeit nehmen muss, um die Welt um sich herum zu betrachten.

Und wenngleich es nicht jeden Tag, ja nicht einmal jedes Jahr geschah, konnte sie manchmal, wenn sie zwischen den Kiefern herumspazierte oder ihre Aufgaben erledigte oder auf ihrer braunen Stute die Landstraße entlangritt, bei genauem Hinsehen etwas Rotes erkennen.

Und wenn sie dann ganz still stand und hoffte und wartete und fest daran glaubte – dann konnte sie manchmal sehen, wie ein kleiner Wichtelmann, dessen Bart mit jedem Jahr länger wurde, anhielt, seine Mütze abnahm, sich mit den Fingern an den Kopf tippte und ihr dabei zunickte. Nur um sie wissen zu lassen, dass zwischen seiner Welt und der ihrigen alles in Ordnung war.

Danksagung

Bis in alle Ewigkeit bin ich zu Dank verpflichtet: den Familien Poulsen, Christiansen, Højmark, Pedersen, Skammelsen und Vestergård, die vor so vielen Jahren einer jungen Amerikanerin ihre Häuser und ihre Herzen geöffnet haben; dänischen Kindern (jungen und alten), die mir ihre Wichtelgeschichten über Briefe, E-Mails und Großmutter übermittelt haben; allen Mainely Writers und ganz speziell denen, die es auf sich genommen haben, diverse Fassungen von *Raureifzauber* zu lesen: Ann Mack, Nancy Roe Pimm, Thea Gammans und Naomi Kinsman Downing; Laura Ruby dafür, dass sie *Raureifzauber* Onkel Viggo gegeben hat; Kaylan Adair und dem fantastischen Candlewick-Team dafür, dass sie an die Wichtel geglaubt haben; Karen Grencik dafür, dass sie an mich geglaubt hat; Dora McAfee für ihren Einfallsreichtum und ihre Großzügigkeit; Mark, Olivia, Seth und Maggie, die immer gesagt haben: »Du schaffst das – weil es dir wichtig ist!«; und der echten Bettina, einer unermüdlichen Faktencheckerin und guten Freundin.

Inhalt

Die Illustratorin

Nina Schmidt, geboren 1980 in Rosenheim, studierte Kunst-
pädagogik, Kunstgeschichte und Psychologie in Augsburg
und ist als Museumspädagogin in Stuttgart tätig. Ihre
Begeisterung für die Natur schlägt sich in ihren Bildern,
Collagen und Tuschezeichnungen nieder. Mit ihren liebevoll gestalteten Vignetten und einfühlsamen Zeichnungen
für *Raureifzauber* debütiert sie im Verlag Urachhaus als
Buchillustratorin.
www.schmidtnina.de

Die Autorin

Michelle Houts, geboren 1966 in Pennsylvania, ist ausgebildete Lehrerin, Kinderbuchautorin und Bloggerin mit einer Leidenschaft fürs Landleben. Während eines langen Aufenthalts in Dänemark lernte sie die faszinierende Welt der dänischen Hof- und Stallwichtel kennen. Bis heute versorgen ihre dänischen Freunde sie mit neuen Geschichten über Wichtel – und gelegentlich auch über Begegnungen mit ihnen. Michelle Houts lebt mit ihrem Mann und ihren drei Kindern auf einer Farm in Ohio.

Katarina Genar

Der rubinrote Mantel

Aus dem Schwedischen von
Susanne Dahmann

127 Seiten, gb.

Dieser Mantel ist das schönste Geburtstagsgeschenk, das
Livia je bekommen hat – obwohl er nicht neu ist. Er sitzt
wie angegossen, ist weich, herrlich schwingend und wun-
derbar rot. Warum findet ihre beste Freundin ihn bloß so
unbequem und kratzig?
Ist es so, wie die Dame in dem Antikladen sagte, dass Dinge eine Seele haben? Kann es sein, dass der Mantel etwas
von Livia erwartet? Wem kann er früher gehört haben? Ist
er es, der ihre Schritte langsam, aber sicher zum Tagebuch
jener Elin führt, der er im Jahr 1932 gehörte?

URACHHAUS

Katarina Genar

Heimliche Freundin

Aus dem Schwedischen von
Susanne Dahmann

109 Seiten, gb.

Henrietta ist sauer. Seit sie in die Stadt gezogen sind, hat
Mama fast die ganze Zeit gearbeitet. Papa ist weg und
Freunde hat sie auch noch nicht. Einziger Lichtblick ist der
alte Herr Wallgren, der oben in ihrem Haus wohnt.
Aber wer ist er eigentlich? Und wer ist das geheimnisvolle
Mädchen, das sie manchmal auf den Schaukeln im Hof
sieht? Alles beginnt damit, dass Henrietta eines Tages ihre
Schlüssel verliert ...

Katarina Genar gelingt es in unvergleichlicher Art, Alltag
und geheimnisvolle Vergangenheit miteinander zu verwe-
ben. Auf wenig Raum stellt sie Charaktere und Schicksals-
zusammenhänge dar, die berühren und faszinieren.

URACHHAUS